btb

Buch

E. W. Heines Geschichten strotzen von nachtschwarzen Bosheiten und sarkastischen Pointen, ihr Horror überwältigt den Leser mit sanfter, spielerischer Leichtigkeit. Heines Themen sind uralt: Liebe und Hass, Eifersucht und alle Arten von Gier, dazu das unerschöpfliche Arsenal menschlicher Gemeinheiten. Unter der Oberfläche des Alltags lauert das Böse. »Falls Ihnen die eine oder andere Geschichte zu schlimm erscheinen sollte, so lassen Sie sich sagen: Diese Geschichten sind frei erfunden. Kultivieren Sie Ihre Empörung. Gehen Sie sparsam damit um. Sie wird an anderer Stelle noch gebraucht«, rät E. W. Heine und hält den Lesern – und sich selbst – mit sarkastischem Lächeln den Spiegel vor.

Autor

E. W. Heine, in Berlin geboren, arbeitete als Architekt über ein Jahrzehnt in Südafrika und mehrere Jahre in arabischen Ländern. Neben kulturgeschichtlichen Titeln wurde er vor allem durch seine skurril-makabren Erzählungen bekannt. Mit seinem Roman »Das Halsband der Taube« gelang Heine ein Bestseller und der Durchbruch als Autor großer historischer Romane. E. W. Heine lebt als freier Autor in Bayern.

E. W. Heine bei btb

Brüsseler Spitzen. Roman (72491)
Kille Kille. Makabre Geschichten (72902)
Das Glasauge. Neue Kille Kille Geschichten (72805)
Kinkerlitzchen. Neue Kille Kille Geschichten (73087)
Das Halsband der Taube. Roman (72000)
Der Flug des Feuervogels. Roman (73042)
Nur wer träumt, ist frei (72112)
Toppler. Ein Mordfall im Mittelalter (72855)

E. W. Heine

An Bord der Titanic

Kille Kille Geschichten

btb

Umwelthinweis:
Alle bedruckten Materialien dieses Taschenbuches sind chlorfrei und umweltschonend.

btb Taschenbücher erscheinen im Goldmann Verlag, einem Unternehmen der Verlagsgruppe Random House GmbH.

1. Auflage
Genehmigte Taschenbuchausgabe November 2003

Umschlaggestaltung: Design Team München
Satz: Filmsatz Schröter GmbH, München
KR · Herstellung: Augustin Wiesbeck
Made in Germany
ISBN 3-442-73127-5
www.btb-verlag.de

Es gibt so viele Bücher,
dass es wirklich nicht nötig ist,
welche zu lesen, die einen langweilen.

GABRIEL GARCÍA MÁRQUEZ

Inhalt

Falls Ihnen die eine oder andere dieser Geschichten allzu schlimm erscheinen sollte, so lassen Sie sich sagen: Diese Geschichten sind frei erfunden. Kultivieren Sie Ihre Empörung. Gehen Sie sparsam damit um. Sie wird an anderer Stelle noch gebraucht.

E. W. HEINE

Das todsichere System

Rien ne va plus«, sagt der Croupier. Die Gespräche verstummen. Nur das Rollen der Kugel füllt den Raum. Auf dem grünen Tisch liegen mindestens zehntausend Dollar. Unerbittlich wie ein Komet zieht die Kugel ihre Bahn. Vierundzwanzig Augenpaare verfolgen ihren Lauf.

Nur vor wenigen Altären herrscht eine Andacht wie hier am Roulettetisch. Hoffnung mischt sich mit Bangen, Jubel mit Verzweiflung. Herr, gib daß die Dreiunddreißig kommt! Mein Gott, bitte mach, daß die Dreiunddreißig gewinnt! Wie ein Planet, der um eine Sonne kreist, so umrundet der Ball die Mitte. Mit erlahmender Fliehkraft, langsam, viel zu langsam löst er sich von der Bande. Taumelnd stürzt er seiner letzten Bestimmung entgegen, fällt, prallt wieder empor, fällt, schlägt auf: Zero. Der Croupier harkt die Chips vom grünen Tuch. Niemand hat die Null gesetzt.

»Die Bank hat gewonnen. Die Bank gewinnt immer«, sagt meine Nachbarin. Sie ist eine auffallend schöne Frau. Auf Korsika und in Andalusien trifft man

Menschen ihrer Rasse, heißblütig und stolz. Ihre Augen sind abgrundtief wie der Haß, wie die Liebe, wie der Schmerz, wie die Wollust. Ihren Blicken vermag sich niemand zu entziehen. Man erlebt sie als körperliche Berührung. Ich genieße ihre Blicke. Wenn sich unsere Augen begegnen, so hält sie mich fest, ohne sich zu offenbaren, rätselhaft wie die Augen einer indischen Gottheit. Aber ich ahne die Lava unter dem Eis. »Faites vos jeux«, sagt der Croupier.

Da ist Bewegung auf dem grünen Tuch wie in einer irischen Kneipe, wenn der Wirt den letzten Drink des Abends ausschenkt. Neuer Einsatz. Neue Hoffnung. Alle Blicke liegen auf dem Generalstabstisch des Glücks. Zehner, Hunderter, Tausender werden wie Armeen aufgestellt, zurückgezogen, zögernd und zu allem entschlossen. Die Arbeitszeit, Lebenszeit von Tagen und Wochen wird in die Schlacht geworfen. Alles oder nichts.

»Machen Sie Ihr Glück«, flüstert eine Stimme an meinem Ohr. Ihr Haar streift mich. Der Duft ihres Parfums verwirrt mich. Und dann – ich wage nicht hinzusehen – spüre ich ihre Hand. Sie tastet sich über meinen Schoß, öffnet mir die Hose, schlüpft wie ein scheues Tier durch das Labyrinth meiner Unterwäsche, taucht hinab in die Wärme meines erregten Fleisches. Ihre Berührung trifft mich wie ein elektrischer

Schlag. Zärtlich umspielen mich ihre Finger, befreien mich aus dem immer enger werdenden Gefängnis meiner Hose. Ich bin wie gelähmt, erstarrt, vermag mich nicht zu rühren. »Schau mich an!« flüstert die Stimme neben meinem Ohr. »Wie heißt du?«

Ich blicke in ihre Augen und bin verloren. Man sagt, die Mädchen in Thailand besäßen so kraftvolle Schöße, daß sie wie Venusfallen ihre Opfer festhalten könnten. So halten mich diese Augen, während mich ihre Finger verzaubern, vor allen Augen. Niemand nimmt Notiz von mir. Alle starren auf den Tisch. Die Kugel läuft. Ihre Hände gleiten über mein erregtes Fleisch, und während ich explodiere, sehe ich durch eine Nebelwand, wie sie alle ihre Chips auf den Tisch legt.

Ich erwache von einem Schrei: Acht. Auf der Acht liegen fünf Chips à tausend Dollar.

Während ich verwirrt meine Blöße verhülle, kassiert sie einen Scheck von einhundertundachtzigtausend Dollar. Sie schiebt dem Croupier einen Tausender-Chip zu: »Fürs Haus.« Und zu mir sagt sie: »Darf ich Sie zu einer Flasche Champagner einladen?«

Die Bar ist fast leer. Sie erhebt ihr Glas: »Salute.« Und dann erzählt sie mir die folgende Geschichte:

»Zum erstenmal stieß ich auf das Phänomen durch Dr. Patrick Batterman, der sich im Zweiten Weltkrieg mit Sonderaufgaben der psychologischen Kriegsführung befaßt hatte, und zwar vornehmlich mit den Gesetzen der Serie. Er beobachtete mehrere Monate lang einige hundert männliche Spieler, die regelmäßig an Roulettetischen ihr Glück versuchten. Dabei stellte er mit Erstaunen fest, daß die Spieler, die von ihren Frauen oder Freundinnen begleitet wurden, achtfach höhere Erfolgschancen aufwiesen als diejenigen, die allein oder in Begleitung anderer Männer spielten.

Warum das so ist, kann ich Ihnen nicht erklären, aber es ist so. Am besten, Sie probieren es selber aus. Ich kenne alle bedeutenden Spielcasinos von Monte Carlo bis Kapstadt. Überall bin ich dem Batterman-Phänomen begegnet. ›Präcognitive Begabung‹ nennen es die Psychologen. Sie entspringt – so behaupten sie – der intuitiven Natur des weiblichen Geschlechts. Wir Frauen sind ja bekanntlich viel intensiver mit den Elementargewalten der Natur verwoben als das starke Geschlecht. Das Altertum hielt uns für mondische Wesen. Das Mittelalter fürchtete sich vor den überirdischen Kräften der Hexen. Und auch wir Heutigen gehen nicht zu einem Wahrsager, sondern zu einer Wahrsagerin.

Am unglaublichsten aber äußert sich die weibliche

präcognitive Begabung am Spieltisch. Alle professionellen Spieler wissen davon zu berichten. Einige behaupten, daß ihren Begleiterinnen die Gewinnzahlen spontan in den Sinn kommen, noch bevor der Croupier die Glücksscheibe anrührt. Andere beschwören, daß das erst beim Lauf der Kugel geschieht. Manchmal sagt eine Frau ihrem Mann, welche Zahlen er spielen soll. Bisweilen wirft sie ihm auch nur einen Blick zu und übermittelt ihm die Gewinnzahlen durch Gedankenübertragung. Fragt man die Frauen, woher sie die richtigen Zahlen wußten, so antworten sie meist: Wir wußten es halt.

Wenn das so ist – so sagte ich mir –, dann müßten weibliche Spieler eigentlich um ein Vielfaches erfolgreicher sein als männliche. Das ist aber nicht so. Ich erkannte schon bald: Beim erfolgreichen Glücksspiel ist es wie beim erfolgreichen Liebesspiel. Es gehören immer zwei dazu, ein Mann und eine Frau. Und je besser die beiden aufeinander eingespielt sind, um so größer ist der Lustgewinn. Auch Geld ist eine Lust. Und was für eine!

Ich habe das Batterman-Phänomen studiert wie andere Jura oder Theologie und bin dabei zu der Erkenntnis gelangt, daß die präcognitive Begabung um so besser funktioniert, je mehr mich mein Begleiter anmacht. Das heißt, meine Erfolgschancen wachsen mit meinem sexuellen Appetit. Wohlgemerkt: mit dem Appetit, nicht mit der Erfüllung. Der richtige Mann macht mich in jeder Hinsicht empfängnisbereit, auch für die zu erwartenden Gewinnzahlen.

Die Sache hat nur einen Haken: Wie läßt sich diese Erkenntnis in die Praxis umsetzen? An einem Roulettetisch? In diesem Punkt haben es männliche Spieler leichter, denn Männer sind sexuell viel einfacher zu erregen als Frauen. Ein Blick in ein gut gefülltes Dekolleté, der Schimmer eines nackten Schenkels in einem geschlitzten Rock, und schon regt es sich bei ihnen. Aber wie erreichen Sie das bei einer Frau, die weder mit nymphomanischen Gelüsten noch mit orgiastischen Wachträumen gesegnet ist?

Nun, Sie wissen jetzt, wie ich es erreiche. Ich hoffe, Sie verzeihen mir. Aber nach der Art, wie Sie reagiert haben, nehme ich an, daß es Ihnen nicht unangenehm war. Sie waren übrigens gut, ungeheuer gut. Meistens geschieht es durch Gedankenübertragung. Sie waren der erste, der mir die Gewinnzahl genannt hat, klar und deutlich und noch dazu in meiner Muttersprache.«

»In Ihrer Muttersprache?«

»Ja, auf italienisch.«

»Aber ich spreche doch gar kein Italienisch.«

»Sie haben es aber getan: Acht, o Acht, o Acht. Sie haben es richtig gestöhnt.«

»Acht?«

»Ja, auf italienisch: Otto, o Otto.«

»Aber ich heiße doch Otto«, sagte ich.

»Was macht das schon«, lächelte sie. »Es ist ein todsicheres System.«

Der ungeraubte Raffael

Hartmut von Eisenhart liebte englischen Whisky, englische Autos und englische Maßanzüge. Er gab sich elitär, ohne arrogant zu sein. Man sah ihn auf allen »wichtigen« Parties zwischen Hamburg-Blankenese und München-Grünwald. Einflußreiche Beziehungen waren sein Kapital. Er besaß ein wölfisches Gespür für Fährten, die zu interessanter Beute führten, was nicht zuletzt darauf beruhte, daß er ein guter Zuhörer war. Er interessierte sich vornehmlich für Antiquitäten, besonders für victorianisches Silber. Bisweilen erwähnte er ein Buch, das er zu diesem Thema geschrieben hatte, das aber keiner seiner Zuhörer kannte.

Während einer Party auf dem Schiff eines italienischen Industriellen im Hafen von Portofino lernte er Raffaelo Ruocco kennen, einen jungen Künstler, der nicht so recht hierherzugehören schien. Er stand mit einem Wasserglas voll Whisky an der Reling und sagte zu ihm: »Wer kennt nicht Raffaelo Santi, italienischer Maler und Architekt, geboren am 8. 3. 1483 in Urbino? Jeder kennt ihn. Aber wer kennt schon mich,

Raffaello Ruocco, ebenfalls Italiener, Architekt und Maler, vierhundertfünfzig Jahre jünger als mein Namensvetter und mindestens doppelt so gut?«

Am anderen Tag besuchte Eisenhart den jungen Raffael in seinem Atelier. Was er zu sehen bekam, verschlug ihm den Atem.

Raffaello Ruocco sagte: »Schon auf der Kunstakademie galt ich als ein Wunderkind, wenn es darum ging, alte Meister zu kopieren. Während der Semesterferien habe ich in den Vatikanischen Museen die Stanzen und Fresken von Raffael kopiert und an die amerikanischen Touristen verkauft. Es war ein gutes Geschäft. Ich kopierte meinen Namensvetter so oft, bis mir seine Malweise so vertraut war wie meine eigene Handschrift. Anfangs begnügte ich mich damit, ihn so wirklichkeitsnah wie möglich zu kopieren. Schon bald verbesserte ich ihn, vor allem die Füße, von denen er keine Ahnung hatte. Auch seine Perspektiven waren schwach. Später erfand und entwarf ich eigene Raffaels, die selbst die Schüler des Meisters für authentisch gehalten hätten. So schuf ich mir im Laufe der Jahre mein eigenes Privatmuseum mit sämtlichen Gemälden, die Raffael je gemalt hat, und etlichen Neuschöpfungen, die alle so aussehen würden, wenn der Meister diese Motive mit seinem Pinsel festgehalten hätte.«

Eisenhart traute seinen Augen nicht. Er hätte schwören können, daß er vor den alten Originalen stand. Selbst die Krakelüren, die feinen Haarrisse in der Firnis, wirkten respektgebietend echt.

»Ich habe sie auf handgewebte, jahrhundertealte Leinwand gemalt mit mineralischen Farbpigmenten, die ich selbst nach alten Rezepten der Raffael-Schule in meinem Atelier zermörsert und gemischt habe.«

»Sie sind ein Genie«, sagte Eisenhart.

»Brotlose Kunst«, lachte Raffael der Jüngere.

»Nein wirklich, Sie sind so gut wie Raffael.«

»Ich weiß, daß ich gut bin. Aber ich bin halt nur ein Imitator. Und Imitationen lassen sich heute fotografisch schneller und damit billiger herstellen.«

»Haben Sie niemals daran gedacht, eins von diesen Meisterwerken als Original zu verkaufen?«

»Das geht nicht«, sagte Raffael. »Das ist keine Frage der meisterhaften Fälschung, das ist eine Frage der Herkunft. Alle existierenden Raffaels sind bekannt und registriert. Falls man irgendwo einen ganz neuen entdecken würde, so wäre das eine internationale Sensation ersten Ranges. Selbst wenn es mir gelänge, die Kunstexperten hinsichtlich der Echtheit des Bildes zu täuschen, woran ich nicht zweifle, so würde das Ganze am Herkunftsnachweis scheitern. Wo kommt das Meisterwerk her? Wer waren seine Besitzer, Vorbesitzer, Vorvorbesitzer? Schließlich weiß man schon seit Jahrhunderten, daß Raffaels Gemälde ein Vermögen wert sind. Den zufälligen, verstaubten Fund vom Dachboden der verstorbenen Großtante nimmt Ihnen keiner ab.«

Eisenhart war vor der Sixtinischen Madonna stehengeblieben und betrachtete sie wie eine leibhaftige Marienerscheinung.

»Unglaublich«, flüsterte er, »ein echter Raffael.«

»Es ist ein echter Raffael, ein Raffael Ruocco. Ich halte die Sixtinische Madonna für meine beste Kopie. Ich habe sie fünfmal gemalt, eine besser als die andere.«

»Waren Sie in Dresden? Wann haben Sie sie kopiert?«

Eisenhart hatte tausend Fragen, und Raffael erzählte:

»Im Herbst 1980 flog ich für ein Mailänder Planungsbüro zur Messe nach Leipzig. Dabei nutzte ich die Gelegenheit für einen Abstecher nach Dresden. Als ich dort im Zwinger die Sixtinische Madonna zum erstenmal im Original sah, war es um mich geschehen. Ich halte dieses Gemälde für das beste, das Raffael uns hinterlassen hat. Dieses Bild mußte ich malen. Es war eine Herausforderung ersten Ranges. Meine Aufenthaltsgenehmigung für die DDR lief noch neun Tage.

Ich besorgte mir eine Kopiererlaubnis bei der staatlichen Museumsleitung, kaufte Stativ, Leinwand und Farben, und stürzte mich gleich am anderen Morgen in die Arbeit. Da mir Raffaels Grundierung und Mischtechnik bestens vertraut waren, kam ich zügig voran. Nach einer Woche näherte sich das Bild seiner Vollendung. Trotzdem nahm ich mir sehr viel Zeit für die Feinheiten, denn in der Malerei hat der Begriff ›oberflächlich‹ die genau entgegengesetzte Bedeutung wie in unserer Umgangssprache. Die Oberfläche ist das Wichtigste überhaupt. Nun gibt es allerdings auch nirgendwo so ideale Bedingungen zum Kopieren wie in Dresden. Wir haben das Bild von der Wand genommen und es so gestellt, daß die Belichtung optimal ...«

»Augenblick mal«, unterbrach ihn Eisenhart, »Sie haben das Bild einfach von der Wand genommen? Ohne daß Alarm ausgelöst wurde? Und wer ist wir?«

»Ich hatte vor der Sixtinischen Madonna zwei Studentinnen der Kunstakademie Dresden kennengelernt, zwei süße ›Fräuleins‹, aber keine Ahnung vom Malen. Sie waren seit zwei Wochen damit beschäftigt, die Madonna zu kopieren. Oder soll ich sagen karikieren? Es war gräßlich. Aber die Mädchen waren süß. Wir haben tagsüber nebeneinander schweigend gearbeitet, und nach Feierabend haben sie mir das Nachtleben von Dresden gezeigt.

Natürlich waren sie an Italien interessiert, an den Orten, in denen Raffael gelebt und gemalt hat: Perugia, Florenz und Rom, unerreichbare Ziele, jenseits der Mauer und dem Eisernen Vorhang der DDR. Wie alle Eingesperrten haßten sie ihre Kerkermauern, von denen sie behaupteten, sie seien die am perfektesten bewachten der ganzen Welt, was übrigens auch für die Alarmanlagen des Museums gelte. Sie erzählten mir, daß alle Gemälde auf der Rückseite der Leinwand eine unsichtbare, nicht zu entfernende metallische Appretur trügen, die beim Passieren einer Tür oder eines Fensters Alarm auslöse. Gleichzeitig würden automatisch sämtliche Ausgänge durch ausbruchsichere Fallgitter geschlossen. Innerhalb einer Abteilung oder eines Saales konnten die Bilder jedoch von der Museumsleitung beliebig umgruppiert werden, ohne daß die Alarmanlage loslegte oder abgeschaltet werden mußte.

Wir haben mehrmals davon Gebrauch gemacht, wenn die Morgensonne störende Reflexe auf die alte Firnis des Bildes setzte. Wir haben den Raffael dann einfach umgehängt. Die Mädchen kannten sich da bestens aus. Es gab keine Fernsehüberwachungs-Kameras und nur wenige Museumswächter. Warum auch bei der perfekten Sicherung? Hinzu kommt, daß die Strafen in der DDR wie in allen kommunistischen

Ländern mörderisch hoch sind. Und selbst wenn es einem Einbruchsgenie gelingen sollte, ein Bild zu entwenden – was könnte er mit seiner Beute anfangen? Innerhalb der DDR ließe sie sich nicht absetzen, und die Landesgrenzen sind die bestkontrollierten der ganzen Welt.

Meine Kopie wurde gebührend bewundert. Ein Museumsangestellter bot mir eintausend Ostmark, ein Betrag, für den ich mir in Rom nicht einmal einen Anzug hätte kaufen können.

Wenn wir kurz vor vier, bevor das Museum schloß, unsere Staffeleien mit den noch malfeuchten Kopien in den kleinen Putzraum trugen, der sich an unseren Saal anschloß, dann träumten wir bisweilen beim Pinselreinigen davon, meine Kopie mit dem Original zu vertauschen. Wissen Sie, wie die Deutschen mit der für sie typischen Überheblichkeit Dresden nennen? Elb-Florenz. Dabei unterscheidet sich ihr Dresden von unserem Florenz wie Heringsrogen von Kaviar. Ein verrücktes Volk, diese Deutschen!«

Eisenhart stand noch immer vor der Sixtinischen Madonna.

»Fünfmal haben Sie sie gemalt?«

»Ja, auf alter Leinwand mit antiquarischen Farben. Selbst die dazu verwendeten Dachshaarpinsel stammen aus der toskanischen Renaissance.«

»Würden Sie mir die Bilder verkaufen?«

»Ja, ich weiß nicht. Das kommt darauf an ...«

»Tausend Ostmark hat man Ihnen geboten. Ich würde zehnmal soviel bieten und in Dollar.«

»Zehntausend für fünf Bilder«, überlegte Raffael.

»Zehntausend pro Bild«, sagte Eisenhart. Und da gab es für Raffael Ruocco nichts mehr zu überlegen.

»Ist das Ihr Ernst?« fragte er.

»Ich werde mich in einem Monat mit Ihnen in Verbindung setzen. Ich bitte um eine Option von dreißig Tagen.«

Die Meldung beherrschte die Nachrichten. Wie ein Lauffeuer verbreitete sie sich um den ganzen Erdball: SIXTINISCHE MADONNA GESTOHLEN.

Fernsehen, Radio und Presse berichteten in allen Sprachen von dem sensationellen Raub hinter dem Eisernen Vorhang. Ein Saalwächter hatte den Verlust kurz vor Schließung des Museums entdeckt. Er beschwor, noch eine Stunde zuvor das Bild an seinem Platz gesehen zu haben. Der leere Rahmen wurde in einem angrenzenden Putzraum gefunden. Von dem Bild, dessen Versicherungswert mit zehn Millionen englischen Pfund angegeben war, fehlte jede Spur. Die Polizei stand vor einem Rätsel, denn die Alarmanlage war weder beschädigt noch außer Kraft gesetzt worden. Lästermäuler in Dresden sprachen von einem Marienwunder, von einer Himmelfahrt in den freien Westen.

»Einhundertdreißigtausend Dollar für einen Raffael mit einer Versicherungssumme von zehn Millionen englischen Pfund, eine bessere Kapitalanlage ist nicht denkbar«, sagte Eisenhart. »Ganz zu schweigen von dem unbezahlbaren Kunstwert.«

»Ja, gewiß«, sagte sein Gesprächspartner, der in Düsseldorf an der Königsallee in zweiter Generation eine Zahnarztpraxis führte. »Aber Sie vergessen, daß dieses Bild eine tote Kapitalanlage ist, für alle Zeiten unverkäuflich. Nicht einmal meinen besten Freunden kann ich es zeigen.«

»Aber das erhöht doch gerade den Reiz«, lächelte Eisenhart. »Dieses vollkommene, unbezahlbare Kunstwerk ist wie eine schöne Frau, die Ihnen ganz allein gehört. Ihnen – und nur Ihnen – gehört die großartigste Madonna, die Raffael gemalt hat, nach der die ganze Welt vergeblich sucht, während Sie sie exklusiv genießen.

Und was Ihre Skrupel hinsichtlich des Kunstraubes anbelangt, so möchte ich Sie auf folgendes hinweisen. Es ist uns gelungen, einem Unrechtsstaat ein Schnippchen zu schlagen, einem Staat, der seine Bürger hinter Stacheldraht hält. Das Gebot der Fluchthilfe gilt nicht nur für Menschen, sondern auch für Kulturgüter. Aus welch anderem Grund, glauben Sie, hat man den Sarkophag Friedrich des Großen während der letzten Kriegstage von Potsdam zur Hohenzollernburg bei Stuttgart geschafft? Nun, um ihn vor dem Zugriff der Russen zu bewahren, und genau das ist mit der Sixtinischen Madonna geschehen.«

Für einhunderttausend Dollar ging der Raffael an den Düsseldorfer Zahnarzt. Für einhundertundzwanzigtausend ging der zweite an einen Hamburger Schiffsreeder. Den dritten bekam ein Frankfurter Pelzhändler und den vierten ein österreichischer Schallplattenproduzent. Den letzten erwarb ein Münchner Brauereibesitzer.

Und was war mit dem echten Raffael geschehen?

Eisenhart war nach Dresden geflogen. Nach der Landung erledigte er ein paar Einkäufe in verschiedenen volkseigenen Drogerien. Die Sonne schien von einem wolkenlosen Frühlingshimmel. Wer nicht zu arbeiten brauchte, genoß die wohlige Wärme. Wie erwartet, waren nur wenige Menschen im Museum. Eisenhart nahm das Bild von der Wand, trug es in den angrenzenden Putzraum. Dort schnitt er es mit einer Schere aus dem Rahmen. Er verstöpselte das Waschbecken und füllte die rauchende Schwefelsäure hinein, die er in den weiten Taschen seines Mantels mitgebracht hatte. Fasziniert beobachtete er, wie sich die farbige Leinwand in der ätzenden Säure auflöste. Dann reinigte er das Becken sorgfältig mit Seife und Wasser. Dabei sprach er: »Bin ich ein Dieb? Nein, denn ich lasse die Beute ja hier. Warum sollte ich etwas stehlen, das ich bereits fünffach besitze. Ich lasse einen Raffael verschwinden, um fünf neue zum Leben zu erwecken. Raffael ist tot. Es lebe Raffael!«

Die Traumfrau

Schon als Kind mochte ich keine Wundertüten. Beim Auspacken war ich immer enttäuscht. Ähnlich ergeht es mir mit den Frauen. Vollblutweiber entpuppen sich auf meinem Bettlaken als behaarte Orang-Utang-Weibchen mit stoppeligen Stachelbeerbeinen. Blondinen mit spitzen Brüsten quellen wie Sülze aus ihren Miedern. Grazile Fotomodelle werden zu knochigen Klapperskeletten. Kleider sind wie Speisekarten. Sie halten selten, was sie versprechen. Man erwartet einen Frühlingssalat und erhält einen welken Herbstgruß aus der Küche.

Es geht nichts über gute Selbstbedienungslokale, wo man mit eigenen Augen wählen kann, was gut und frisch ist. Was das Salatbuffet für den Gaumen, das ist die Sauna für meinen erotischen Appetit. Hier finde ich ausgewickelt, frei von Farbstoffen und konservierenden Zusätzen alles, wonach mein Herz lechzt.

Sie war eine Luxusdelikatesse mit schmalen Hüften und schweren Brüsten. Der Bauch klein und fest, die

Lippen groß und weich. Die Beine übereinandergeschlagen, zehenwippend, so saß sie nackt auf ihrem rosafarbenen Frotteehandtuch. Schweißperlen glitzerten auf ihrer Haut, Lebenslust in ihren Augen. Am aufregendsten aber war die Art, wie sie sich selbst liebkoste, wie sie sich die Lippen leckte, wie die Fingerspitzen über Bauch und Brüste glitten. Auf den Flughäfen gibt es kleine Lotsenautos mit der Aufschrift: FOLLOW ME!. So waren ihre Finger. Oh, ich liebe erotische Frauenfinger!

Als sie mir später angezogen gegenübersaß, erkannte ich wieder einmal, wie unrecht der Volksmund hat, wenn er behauptet: Kleider machen Leute. Bekleidet wäre mir die Kleine niemals aufgefallen. Die anwesenden Männer schienen sie zu übersehen. Ich hatte einen verborgenen Schatz entdeckt und gedachte, ihn zu heben. Wir kamen an der Saunabar ins Gespräch. Sie hieß Antonia. Ein Glas Champagner lehnte sie nicht ab. Meinen Vorschlag, sich mit mir zu treffen, konterte sie mit der Bemerkung: »Sie können mich jeden Mittwoch hier treffen.«

Beim Abschied hauchte sie mir einen freundschaftlichen Kuß auf die Wange. Für den Bruchteil einer Sekunde berührten mich ihre Brustwarzen. Ich erschauderte bis ins Mark. Elektrisch aufgeladen wie eine Autobatterie für Schwertransporter fieberte ich dem kommenden Mittwoch entgegen. Mein Gott, wie lang kann eine Woche sein!

An jenem Mittwoch war ich früher als sonst in meiner Stammsauna. Um ehrlich zu sein, ich war der erste. Sie kam spät. Als sie im Evakostüm den Schwitzraum betrat, erschien es mir, als habe eine gute Fee eine Zauberlampe entzündet. Sie war noch schöner als beim letztenmal. Am liebsten wäre ich ihr entgegengeflogen, um sie in die Arme zu nehmen. Sie aber nickte mir lächelnd zu, so wie man einen flüchtigen Bekannten grüßt, mit dem man morgens im selben Bus zur Arbeit fährt.

Sie breitete ihr Handtuch weit entfernt von mir aus und ließ sich im Lotossitz darauf nieder. Die Art, wie sie dabei die Innenseiten ihrer Schenkel entblößte, nahm mir den Atem.

Ein wenig später stand sie unter der Dusche, schön wie eine Brunnenskulptur, gleichmäßig bronzebraun, überall, wie jemand, der einen ganzen Sommer lang nackt am Strand gelegen hat. Ich stellte mich unter die angrenzende Dusche neben sie. Halb verborgen hinter dem Vorhang des sprühenden Wassers beobachtete ich sie aus allernächster Nähe, fasziniert von der schäumenden Pracht ihres jungen Leibes. Ihre Blicke fingen die meinen auf, glitten an mir herab. Erschrokken versuchte ich mein steil aufgerichtetes Glied hinter meinen Händen zu verbergen. Ein Lächeln umspielte ihre schönen Lippen, so wie man über einen kleinen Jungen lächelt, den man beim Onanieren erwischt hat.

Ich rettete mich ins Kaltwasserbecken. Als ich mich abgeregt hatte, war sie gegangen.

In der darauffolgenden Woche träumte ich von ihr, nicht nur in der Nacht. Es waren wilde Träume, Orgasmen ohne Ende, das wahnwitzige Gefühl, das die Lemminge befällt, bevor sie sich über die Klippen stürzen.

Ängstlich darauf bedacht, das erotische Elend zu beenden, plante ich ihre Eroberung wie die Landung auf einem fremden Planeten. So rückte der Mittwoch immer näher. In die Sauna würde ich auf gar keinen Fall gehen. Gibt es größere Grausamkeit, als vor den Augen eines Halbverhungerten Leckerbissen auszuwickeln, die man ihm vorenthält? Ich war einer Frau verfallen, die sich vor meinen Augen auszog, mich mit ihrer Nacktheit bis zum Wahnsinn reizte und dann lächelnd wieder wegsteckte, was ich so sehnlich begehrte.

Ein Freund hatte mir sein Sportcabriolet geliehen. Eine Dreiviertelstunde mußte ich warten, bis ein Parkplatz direkt vor der Sauna frei wurde. Im Recorder steckte eine Cassette mit Musik für zärtliche Stunden.

Auf dem Beifahrersitz lagen Blumen. Bevor die Kleine wußte, wie ihr geschah, saß sie bereits in meiner Luxuskarosse. Ich kutschierte sie in den Garten Eden, ein intimes, leider recht teures Restaurant, in das ich alle meine besseren Belagerungen schleppe, um sie sturmreif zu schießen. Sie trank den Sekt mit großen, gierigen Zügen. Wenn es wahr ist – wie Balzac behauptet –, daß einer, der bei Tisch zulangt, auch im Bett kein Kostverächter ist, so ging ich aufregenden Abenteuern entgegen. Sie aß mit dem Appetit eines unbekümmerten kleinen Mädchens. Ich beobachtete verzückt, wie sinnlich sie sich dabei mit flinker Zunge die Lippen leckte, wie sie sich mit brauner Bratensoße bekleckerte und dann mit der feuchten Serviette so lange auf ihrer Bluse herumrubbelte, bis nur noch ein transparenter Wasserfleck zurückblieb, durch den ihre Brust samtfleischig durchschimmerte.

Ich zahlte, ohne einen kontrollierenden Blick auf die Rechnung zu werfen.

»Mein Gott, hast du es eilig«, lachte sie und drohte schelmisch mit dem Finger. Sie setzte sich hinter das Steuerrad: »Laß mich fahren.«

»Du hast getrunken.«

»Ach komm, du doch auch.«

Ich gab ihr den Schlüssel. Es gab nichts, das ich ihr nicht gegeben hätte. Sie fuhr, als hätte sie nie einen anderen Wagen gefahren. Der Fahrtwind spielte mit ihrem Haar. Sie lachte vor Lebensfreude. Ich fragte: »Fahren wir zu mir oder zu dir?«

»Zu mir«, sagte sie. »Machst du das oft?«

»Was?«

»Mädchen abschleppen.«

»Nicht, nicht oft«, log ich. »Und du?«

»Seh ich so aus?«

Wir rauchten schweigend. Nach einer Weile fragte sie:

»Warum gerade ich?«

»Du bist schön, aufregend schön.«

»Nur deshalb?«

»Warum sonst? Komm, beeilen wir uns. Es wird gleich regnen.«

Sie hielt vor einem Haus hinter einer hohen Hecke. Der Himmel war dicht verhängt mit Wolken. Es war so finster, daß sie mich bei der Hand nahm, um mich zu führen. Das eiserne Gartentor quietschte zum Gotterbarmen. Im Haus tappten wir durch eine dunkle Halle, stiegen eine gewundene Treppe empor. Die Stufen knarrten. Es war wie in einem Hitchcock-Film. Sie zog mich in ein Zimmer, entzündete einen Kerzenleuchter. Ich befand mich in einem Raum mit hoher Stuckdecke und Fenstern, die bis auf den Boden reichten. Drei Sofas bildeten eine gemütliche Sitzecke.

»Willst du etwas trinken?«

»Wohnst du allein in diesem Dracula-Schloß?«

»Nein, natürlich nicht. Wir sind so eine Art Wohngemeinschaft. Jeder hat sein eigenes Zimmer. Küche und Bäder nutzen wir gemeinsam. Das Bad ist übrigens gleich links neben meinem Zimmer.«

Als ich zurückkam, saß sie nackt auf dem Sofa, so wie sonst in der Sauna, die Beine übereinandergeschlagen, mit schmalen Hüften und schweren Brüsten. Am aufregendsten aber war die Art, wie sie sich selbst liebkoste, wie sie sich die Lippen leckte, wie die Fingerspitzen über Bauch und Brüste glitten. »Komm«, flüsterte sie, »komm rasch. Wie lange willst du mich noch warten lassen.«

Ich riß mir die Sachen vom Leib, wollte sie umarmen ...

»Warte«, unterbrach sie mich und blies die Kerzen aus. Es war stockdunkel.

»Was soll das«, sagte ich. »Ich will dich sehen.«

»Wozu?« flüsterte sie und zog mich zu sich herab. »Du weißt doch, wie ich aussehe. Deine Augen kennen jede Kurve meines Leibes. Meinst du, ich hätte nicht bemerkt, wie du mich in der Sauna studiert hast? Du hast mich lange genug betrachtet. Entdecke mich mit deinen Händen, mit den Lippen! Ertaste mich! Fühle mich! Schmecke mich!«

Sie verzauberte mich, wie mich noch niemals eine Frau verzaubert hat. Es war ein Höhenflug ohne Ende, ein Sturz ohne Aufschlag. Aufgestaute Flüsse müssen sich so fühlen, wenn alle Dämme brechen. Der Regen trommelte gegen die Fensterscheiben. Die Finsternis umhüllte uns wie Ungeborene. Da gab es nichts außer uns und unsere Wollust. Ich erlebte ihre Orgasmen mit der gleichen Intensität wie meine eigenen. Erschöpft lag sie auf meiner Brust. Da war nur ihr Atem und der Duft ihrer Haut.

»Entschuldige mich einen Augenblick.« Sie entglitt mir, ließ mich allein. Ich fühlte mich wie im Grab.

In der Ferne grollte Gewitterdonner.

Als sie sich wieder zu mir legte, roch sie verführerisch frisch nach Lavendelseife, nach Moschus und Sandelholz. Sie küßte mich mit bebenden Lippen und bewegte sich so sinnlich, als hätte sie seit Monaten keinen Mann mehr gehabt. Sie entfachte mein Feuer aufs neue und mit ungeheurer Kraft. Wir waren Flut und Ebbe, Orkan und Stille vor dem Sturm. Sie war die raffinierteste Frau, die mir je begegnet ist.

Zu Beginn unserer Bekanntschaft hatte sie mir fast den Verstand geraubt, indem sie mir ihren vollendeten Leib zeigte, ohne mir zu gehören. Und nun gehörte sie mir, ohne daß ich sehen durfte, was ich so glühend begehrte. Dieses Begehren und Verzichtenmüssen war ein unglaublich erregendes sinnliches Spiel. Ist nicht die Sehnsucht der beste Teil all unserer Ekstasen? Sind unsere Traumbilder und Phantasien nicht viel erotischer als alle sichtbare Realität? Lautet nicht die letzte Weisheit aller Verehrung: Du sollst dir kein Bildnis machen?

Ein Blitz zerriß die Dunkelheit. Für den Bruchteil einer Sekunde sah ich ihr Gesicht, dicht über mir. Mein Gott! Da ein zweiter Blitz und noch einer, lang und grell. Um Gottes willen. Was war das? Ich stieß sie von mir, sprang auf, stürzte, taumelte zur Tür, fand den Lichtschalter. Gleißende Helligkeit flammte auf.

Ein Monster flog mir entgegen, warf sich zähnefletschend gegen den Schalter, löschte das Licht. Die Dunkelheit traf mich wie ein Faustschlag. Ich tastete nach meinem Feuerzeug auf dem Tisch, riß die Flamme an. Ein Schrei. Ich blickte in die entsetzlichste Fratze, die ich je gesehen habe. Es war ein Gesicht ohne Nase. Das Fleisch unter den Augen war verzerrt, so wie bei Kindern, die mit Hilfe ihrer Finger Fratzen schneiden. Das Weiß der Augen trat erschreckend hervor, als wollten die Augäpfel aus ihren Höhlen hervorquellen. Entstellt von purpurroten Narben, die Lippen wulstig aufgeworfen wie bei einer Negerkarikatur.

Unbeschreibliches Entsetzen ergriff mich. Ich weiß

nicht, wie ich aus dem Zimmer herausgekommen bin, aber ich fand erst vor dem Haus Zeit, in meine Hosen zu steigen. Bestürzt stellte ich fest, daß die Autoschlüssel fehlten. Sie hatte den Wagen gefahren. Mußte ich wirklich noch einmal zurück? Während ich noch mit mir rang, stand sie plötzlich vor mir. Sie zündete uns wortlos eine Zigarette an, nahm einen tiefen Lungenzug und erzählte mir dann von ihrer Freundin Carola und dem Motorradunfall. »Mit dem Gesicht über den Teersplitt, mit achtzig Sachen. Da bleibt nicht viel übrig. Selbst ein Dutzend Operationen vermag da nicht viel zu ändern. Du hast es ja gesehen. Sie ist achtundzwanzig, so alt wie ich. Sie war einmal sehr schön. Ihr Körper ist es heute noch. Und natürlich ist sie voller Sehnsucht. Aber wie findet man mit solch einem Gesicht einen guten Partner? Nun, du weißt jetzt, wie wir es machen. Reg dich nicht auf. Ist das wirklich so schlimm? Du schläfst mit vielen Frauen. Warum nicht auch mit Carola. Sie ist verdammt gut im Bett. Du hättest diese Nacht nie vergessen, hättest du Idiot nicht das Licht angemacht. Wie konntest du nur!«

Die Wette

Obwohl die Post ja eigentlich eine Einrichtung ist, die mit Eilboten und Blitztelegrammen gegen die Zeit arbeitet, spürt man in ihren Schalterhallen nichts von Hektik oder Hast. Als die junge Frau das Postamt der kleinen Stadt betrat, umfing sie wohltuende Ruhe. Am Stehtisch beim Fenster brütete ein altes faltiges Mütterchen über einem Auszahlungsformular. Vor dem Paketschalter wartete eine Hausfrau auf irgend etwas, das ein blasser Beamter im Hintergrund vergeblich suchte, gründlich und ohne Eile.

Die junge Frau wandte sich zur anderen Seite der Halle. »Briefmarken in kleinen Mengen«, stand über dem Schalter. Ein fast schon pensionsberechtigter Postmann beäugte sie fragend. Was er zu sehen bekam, war beachtlich. Sie war zierlich und langbeinig wie eine Gazelle. Frech wie ihre kindliche Stupsnase stupsten ihre Brüste gegen den gespannten Blusenstoff. Leuchtend blaue Augen blitzten ihm unter blondem Pony entgegen.

»Sie wünschen?« fragte der Beamte freundlicher

als sonst. Er reckte sich zu voller Mannsgröße empor, wodurch sein Bauch für ein paar Atemzüge verschwand. Die junge Frau schaute sich um, so als wären ihr Zeugen unangenehm. Mit Erstaunen vermerkte der Beamte, daß sie errötete. Dann beugte sie sich zu ihm herab, so als wollte sie ihm ein Geheimnis anvertrauen.

»Ich habe eine Bitte«, sagte sie, »eine ungewöhnliche Bitte.«

»So«, sagte der Schalterbeamte, der nicht wußte, was er sagen sollte. Da er selber Töchter in ihrem Alter hatte, verlegte er sich auf einen väterlichen Ton: »Na dann schießen Sie mal los«, ermutigte er sie.

»Wissen Sie, es ist so«, sagte das Mädchen, »ich habe mit meinem Freund gewettet ...«

»Sie haben was?« fragte der Beamte.

»Gewettet.«

»Und was soll ich dabei?«

»Mein Freund meint, daß die Behörden in Bayern, besonders die Post, konservativ und verkrampft sind, von gestern ... humorlos ... Sie wissen schon, was ich meine.«

Der Beamte verstand nicht. Man sah es ihm an.

»Preußischer als die Preußen.«

»So, sagt Ihr Freund das«, brummte der Beamte. Das Thema mißfiel ihm.

Hastig und in einem Atemzug, als wollte sie es endlich loswerden, sagte das Mädchen: »Ich habe gewettet, daß ich einen Postbeamten finden werde, der ...«, sie zögerte einen Augenblick, »der so nett ist und mir vorne und hinten einen Stempel drauf gibt.«

Der Beamte schaute sie ungläubig an, als hätte er falsch verstanden: »Vorn und hinten?«

»Ja, auf meinen Busen und auf meinen Po.«

»Auf Ihren Hintern und Ihre ... so wie a Briefmarken? Ja herrgottsackra, seids ihr denn narrisch worden?«

Sie errötete wie ein kleines Mädchen.

Der Beamte holte tief Luft. Dann fragte er: »Schließen Sie öfter so blödsinnige Wetten ab?«

Sie schüttelte verneinend ihren schönen Kopf.

»Um was haben Sie denn gewettet?«

»Um hundert Mark.«

»Um einhundert Mark? Und dafür soll ich Sie mit dem Dienststempel ...« Er schaute sie ungläubig an.

Ihre blauen Augen machten: Bitte, bitte.

Der Beamte blickte sich um. Die Rentnerin fummelte immer noch an ihrem Formular herum. Die Hausfrau war gegangen. Die Angelegenheit wurde ihm peinlich. »Haben Sie erwartet, daß ich so etwas mache?« fragte er streng. »Sie befinden sich hier in einer staatlichen Behörde und nicht in einem Kasperletheater oder in einer Peepshow. Die Wette haben Sie verloren.«

»Könnten Sie nicht …?« bat das Mädchen.

»Nein, ich kann nicht«, unterbrach er sie.

»Könnten Sie nicht«, fuhr sie unbeirrt fort, »könnten Sie mir nicht für einen Augenblick Ihren Stempel geben? Ich gehe dort drüben in die Telefonzelle, wo mich niemand sehen kann, und drücke mir schnell den Stempel auf. Was ist denn schon dabei? Eine harmlose Wette.«

»So, harmlos nennen Sie das.« Er versuchte streng auszusehen. Es mißlang.

Bitte, sagten ihre Augen, und sie schauten so lieb, daß ihnen niemand zu widerstehen vermocht hätte, nicht einmal ein deutscher Beamter. Er schob den Stempel unter der Glasscheibe hindurch und brummte: »In Gottesnamen, drüben in der Telefonzelle, aber beeilen Sie sich.«

Ihre Augen strahlten vor Freude; hätte es nicht die Glasscheibe gegeben, sie wäre ihm um den Hals gefallen.

Der Alte beobachtete, wie sie zur Telefonzelle lief. Ihr Blondschopf schimmerte durch das kleine Fenster in der hölzernen Tür. Jetzt bückte sie sich. Jetzt schob sie ihren Rock hoch. Seidiger Stoff streichelte helle Haut. Jetzt zog sie ihren kleinen Slip über die blassen jungen Schenkel, bückte sich ein wenig, streckte keck ihren kleinen Hintern hervor und drückte sich den Stempel auf die Backe. Blaue Tinte auf weißem Mädchenfleisch. Der Alte sah das alles vor sich, obwohl er in Wirklichkeit natürlich gar nichts sah, aber wie alle aus dem Verkehr gezogenen armen alten Männer hatte er halt eine schmutzig-schöne Phantasie. Ob sie wohl überall so goldblond war wie auf ihrem Wuschelkopf? Für einen kurzen Augenblick leuchtete weiße Unterwäsche im Fenster auf. Jetzt streift sie sich ihre Bluse hoch, öffnet den Büstenhalter. Luft umschmeichelt ihre erregten, heißen Brüste. Und jetzt drückt sie seinen Stempel auf ihre festen kleinen Dinger. Er atmete schwer. Ob sie wohl beide stempelt? Die Vorstellung überwältigte ihn. Eine verrückte Jugend ist das. Zwanzig müßte man noch mal sein!

Sie kam aus der Zelle, als hätte sich nichts Besonderes ereignet, so als wäre ein Striptease in einer Fernsprechzelle des Hauptpostamtes die natürlichste Sache von der Welt. Sie gab ihm den Stempel.

»Vielen Dank«, lachte sie. »Die Post ist viel freundlicher als ihr Ruf. Ich wußte, daß Sie mir helfen würden, schon als ich hier hereinkam. Sie haben so lieb ausgeschaut.«

Beschwingt wie ein kleines Mädchen, das seinen

Willen bekommen hat, lief sie davon. Der Alte sah erst jetzt, daß sie Strümpfe mit Naht trug. Ob die wohl von Strapsen gehalten werden? Eine verrückte Jugend! Nichts als Unsinn im Kopf!

Aber sie war gar nicht so verrückt, wie er meinte, im Gegenteil. Die ganze Nacht hatte die junge Frau damit verbracht, frisierte Angebotspreise in die Bauausschreibung einzutragen. Gestern nachmittag waren die versiegelten Briefumschläge aller Anbieter geöffnet worden. Die billigste Baufirma würde den Auftrag für das Verwaltungshochhaus bekommen. Sie hatte sich über einen anwesenden Strohmann die Angebotspreise besorgt. Sie hatte den Billigsten knapp unterboten. Morgen früh würde ihr Brief bei der Baubehörde eintreffen, verspätet zwar, aber rechtsgültig, denn entscheidend war der Poststempel, das Datum, an dem der Brief abgeschickt worden war. Das System war ganz einfach, vorausgesetzt, man gelangte an einen offiziellen Datumsstempel der Post.

Nun, wir haben Ihnen verraten, wie man es macht. Vergessen Sie jedoch nicht, den Stempel um zwei Tage zurückzustellen, bevor Sie ihn auf Ihren Brief drücken. Zum Andenken können Sie dann immer noch Ihren Allerwertesten abstempeln. Viel Spaß!

Die Lüge

Neulich schlief ich mit einer Krankenschwester. Wir lagen erschöpft auf meinem Bett. Sie rauchte, und ich zitierte Oscar Wilde: »Die Zigarette ist der vollendete Genuß, denn nur sie befriedigt, ohne zu sättigen.« – »Wahre Liebe braucht keine Erfüllung«, sagte sie.

Und dann erzählte sie mir die nachfolgende Geschichte. Es ist die Geschichte einer tödlichen Lüge.

Als man sie brachte, war sie bewußtlos. Ein Notarzt und zwei Sanitäter hatten sich während der Fahrt um sie bemüht. Ihr Körper war hoffnungslos zerstört. Ein Lastwagen hatte sie überrollt. Die sofort eingeleitete Operation dauerte drei Stunden.

»Sie wird die Nacht nicht überleben«, sagte der diensthabende Arzt. Man schob sie in die Intensivstation. Dort hing sie an den Schläuchen und Kabeln wie eine zerbrochene Marionette. Ich setzte mich an ihr Bett und betrachtete sie. Ihr Gesicht war ebenmäßig und schön. Der Lastwagenfahrer hatte ausgesagt, sie sei mit offenen Augen in den Wagen gelaufen. »Selbstmordversuch?« hatte der Polizist in sein Notizbuch geschrieben. Wir kannten nicht einmal ihren Namen. Sie hatte weder eine Handtasche noch Papiere bei sich, nur einen Brief ohne Umschlag und Adresse. Als wir sie für die Operation fertigmachten, fanden wir ihn. Sie trug ihn unter ihrem Kleid auf der nackten Haut. Es war kein Abschiedsbrief, wie wir vermuteten. Es war ein Liebesbrief, den sie von einem Mann erhalten hatte. Das Datum war erst wenige Tage alt. Es war ein schöner Brief, voller Wärme und Zärtlichkeit, ehrlich und gut, ein Brief, wie ihn sich jede Frau erträumt. Das konnte unmöglich der Grund für einen Selbstmord sein.

Kurz vor Mitternacht erwachte die Unbekannte. Sie sah mich fragend an. Ich erzählte ihr, wo sie war.

»Es wird alles wieder gut werden«, log ich. Sie versuchte zu lächeln. Es mißlang. Ich gab ihr meine Hand. Und sie hielt sie fest. Alle Sterbenden greifen nach unseren Händen, so als könnten wir sie halten.

Und dann sprach sie. Sie hatte hohes Fieber, aber ihre Gedanken waren klar. Nur mühsam formte sie die Worte. Sie machte längere Pausen zwischen den Sätzen. Das Sprechen fiel ihr sichtlich schwer, aber sie wollte einem Menschen ihr Herz ausschütten. Es war wichtig für sie. Obwohl es totenstill war in dem nächtlichen Hospital, mußte ich mich zu ihr hinabneigen, um sie zu verstehen. Sterbend erzählte sie mir ihre Geschichte. Es war eine Liebesgeschichte. Wenn ich die Augen schließe, sehe ich das Geschehen vor mir, so als hätte ich es selbst erlebt:

Er hatte eine mehrjährige Freiheitsstrafe zu verbüßen. Er arbeitete in der Anstaltsbuchbinderei und war sehr einsam. An seinem zweiundzwanzigsten Geburtstag erhielt er ihren ersten Brief. Irgendeine kirchliche Organisation hatte den Kontakt hergestellt: Junge Häftlinge suchen Briefkontakt. Der Brief veränderte sein Leben.

Sie war frei. Aber was besagt das schon. Sie war ebenso einsam wie er. Und auch ihr Leben erhielt durch ihn einen neuen Sinn.

Beide sehnten sich nach Liebe. Sie brauchten einander und hatten sich gefunden. Die Briefe gingen hin und her. Obwohl sie in weit auseinander liegenden Städten lebten, gab es keine räumliche Entfernung zwischen ihnen. Sie waren so innig miteinander verbunden, als lebten sie in einem Raum. Sie kannte jeden Winkel seiner engen Zelle, seine Bücher und Bilder, den Blick aus dem vergitterten Fenster. Er wanderte in Gedanken durch ihre Wohnung, als sei er dort zu Hause. An sonnigen Abenden saß er auf der Terrasse mit ihrer Katze Semiramis auf dem Schoß. Meist gingen sie früh ins Bett, oder sie liebten sich auf dem Teppich vor dem offenen Kamin. Sie besaßen nur Fotos voneinander und waren sich dennoch so vertraut, als sähen sie sich täglich. Sie tauschten Zärtlichkeiten, weckten Sehnsüchte und teilten nie gekanntes Glück. Sie hatten sich, ohne sich zu haben, und kannten sich, ohne einander zu kennen. Sie waren glücklich, denn ihr Leben hatte einen Sinn. Die Zeit verging wie im Flug.

Es schellte an der Tür. Die alte Dame band sich die Schürze ab und strich sich übers Haar. Es war selten, daß sie Besuch bekam. Sie öffnete. Draußen stand ein junger Mann mit Jeans und Tennisschuhen. Er schien verlegen oder verwirrt, als habe er jemand anders erwartet. »Verzeihen Sie«, sagte er. »Ist Rena hier?« Und als er den fragenden Blick der Frau spürte, fügte er hinzu: »Ich bin Klaus M. Ich bin ein Freund von Rena.«

»Ich weiß«, sagte die alte Dame. Sie sah bleich aus.

»Hat Ihnen Rena von mir erzählt? Sind Sie Ihre Großmutter? Sie haben Ähnlichkeit mit ihr.«

»Ja«, sagte die Frau. »Ich bin ihre Großmutter.«

»Darf ich reinkommen?«

Der junge Mann sah sich um. Es war alles so, wie er es kannte. Selbst Semiramis war da. Sie lag im Lehnstuhl und schlief. Dort war der offene Kamin.

»Wo ist Rena? Warum starren Sie mich so an? Wo ist sie?«

»Rena ist ...«, die alte Dame zögerte, »Rena ist tot.«

»Tot?« fragte der Junge ungläubig. »Sie kann nicht tot sein. Sie hat mir doch erst geschrieben.«

»Sie ist tot«, sagte die alte Dame.

»Aber wieso?«

»Ein tödliches Fieber.«

»Sie lügen«, schrie der Junge. »Sie wollen mich nicht zu ihr lassen. Sie mögen mich nicht, weil ich ein entlassener Häftling bin. Bitte, sagen Sie mir, wo sie ist. Bitte.«

Das Bitte klang so flehentlich, daß es der alten Dame das Herz zuschnürte. Sie schlug die Hände vors Gesicht und weinte. Die Tränen liefen ihr durch die faltigen Finger. Da erkannte der Junge, daß sie die Wahrheit sagte.

»Verzeihen Sie«, sagte er. »Auch ich habe sie sehr geliebt.« Und so als schämte er sich seiner Tränen, drehte er sich um und ging, ohne die Tür hinter sich zu schließen.

Die Schwester auf meinem Bett schwieg.

»Und was hat das mit der Toten auf deiner Intensivstation zu tun?« fragte ich.

»Weh dem der lügt, das waren ihre letzten Worte.«

»Ich verstehe«, sagte ich. »Die Alte hat den Jungen mit einer Lüge weggeschickt, und als die Kleine davon erfuhr, hat sie durchgedreht und sich vor einen Laster gestürzt. Die Alte hat das Mädchen auf dem Gewissen.«

»Es gab gar kein Mädchen«, sagte die Schwester. Sie zündete sich eine neue Zigarette an und fuhr fort, ohne mich anzuschauen: »Wie alle alleinlebenden Alten muß sie sehr einsam gewesen sein. Als sie den Briefwechsel begann, gab sie sich als Mädchen aus. Welcher junge Mann schreibt schon einer alten Frau. Er verliebte sich in sie und sie sich in ihn. Alles war gut, solange sie getrennt waren. Ihr Glück zerbrach, als es sich erfüllte. Sie sagte: ›Das Schlimme ist nicht, daß man alt wird, sondern daß man jung gewesen ist und es nicht zu vergessen vermag.‹«

Die Erleuchtung

Seit meiner Konfirmation verfüge ich über – nun ja, wie soll ich mich ausdrücken – über eine ungewöhnlich kraftvolle Begabung. Was Albert Einstein im Kopf hatte, das habe ich in der Hose. Ich bin ein Genie und leide darunter wie alle wahrhaft Großen.

Was mir morgens aus meinem Rasierspiegel entgegenblinzelt, ist nicht gerade das, wofür eine normale Frau ihre bürgerliche Tugend über Bord wirft. Die Augen – ohne Brille nackt und hilflos – schwimmen wie halbgare Spiegeleier über schweren Tränensäcken. Eine reichlich große, grobporige Nase beginnt zwischen zusammengewucherten Augenbrauen und endet weiter unten, reichlich weiter unten, in dem haarigen Gestrüpp der Nasenlöcher. Fleischige Ohren, Glatze, glattrasierte Hängebacken und farblose Wimpern geben dem Ganzen etwas Schweinernes, fast Obszönes. Wenn ich mir eine Bockwurst in den Mund schiebe, so ist das fast schon eine Pornofilmszene.

Ich bin in allem etwas zu kurz gekommen, außer in einem. Seit meiner Pubertät kenne ich nur ein Problem. Tag und Nacht bin ich wie ein Wolf auf der Jagd nach frischem Fleisch, ewig hungrig und gereizt, denn die magere Ausbeute steht in keinem Verhältnis zu meinem unstillbaren Appetit.

Oh, hätte ich doch das Licht dieser Welt als Weib erblickt! Ich wäre eine moderne Messalina geworden, neben der die Pompadour und alle Huren Babylons wie die Heilsarmee gewirkt hätten. Proletarier aller Länder vereinigt euch – mit mir! Statt dessen bin ich ein Mann von bescheidener Art, bescheidenem Aussehen und noch bescheidenerem Gehalt. Mein Einkommen reicht kaum für die Bedürfnisse des Tages, geschweige denn für die Sehnsüchte der Nacht. Bezahlte Liebesfreuden à la Eroscenter scheiden daher aus. Mit meiner mickrigen Lohntüte käme ich nicht einmal über ein Wochenende, selbst bei äußerster Enthaltsamkeit, mit nur zwei Professionellen pro Nacht. Denn das ist das Schlimme an meinem olympischen Liebesleben, daß mich Frauen grundsätzlich nur beim ersten Mal reizen. In diesem Punkt bin ich wie ein Kettenraucher, der dauernd nach der nächsten Zigarette greift und sich vor den Kippen ekelt. Nichts ist so langweilig wie die Zeitung vom Tag zuvor, nichts ist so sensationell wie die Schlagzeile von morgen! Kaum habe ich mein Wild erlegt, so zittere ich mit geladener Büchse dem nächsten Abenteuer entgegen. Jemand, der zweimal das gleiche Wildbret erschießt, ist kein Waidmann, sondern ein Irrer.

Ich kann nicht zweimal mit der gleichen Frau.

Wenn es anders wäre, hätte ich längst geheiratet, eine durchtrainierte Nymphomanin vom Strich. Oder ich wäre zum Islam übergetreten und hätte mir einen Harem zugelegt. Träume sind Schäume. Und die Wirklichkeit ist hart, besonders nachts an der einen Stelle.

Das Problem wuchs mit den Jahren. Schließlich wird man ja nicht jünger. Mit vierzig bekam ich Arthritis in den Kniegelenken, zwar nur leicht, aber lästig genug bei meiner jagenden Lebensweise.

Das Nachsteigen fällt mir schwer, ganz zu schweigen vom Bettbetrieb. Am meisten machen mir die Bandscheiben meiner Lendenwirbel zu schaffen. Verschleißschaden, sagt der Arzt. Kein Wunder. Wenn der wüßte!

Ich werde schlapper. Allmählich bekomme ich einen Hängebauch, hängende Augenlider, Hängebacken. Alles hängt, nur das Eine nicht. Überall lasse ich nach, nur dort nicht.

Einmal stand ich schon auf der Eisenbahnbrücke, um mich vor einen Zug zu stürzen. Da kam durch die Nacht eine Frau. Sie war betrunken und hatte einen sagenhaften Busen, birnenförmig, einer von der seltenen Art mit hochsitzenden Brustwarzen, fest und fleischig wie der Kamm eines jungen Hahnes. Ich spürte, wie mein Lebenswille erwachte, ließ den Zug und den Selbstmord sausen. In einem alten Bahnwärterhaus habe ich sie mir vorgenommen. Sie hat gestöhnt und geschwitzt und mit ihren Hüften gerollt, als wollte sie Rumba tanzen. Ich hasse das, wenn Frauen zu sehr mitmachen. Am liebsten sind mir die, die kühl und unbeteiligt daliegen wie Skulpturen. Ich mag weder Hingabe noch Widerstand. Das ist auch der Grund, weshalb ich trotz meiner sexuellen Not niemals auch nur in Versuchung geraten bin, einer Frau Gewalt anzutun.

Und dann plötzlich eines Nachts ging mir ein Licht auf. Ich hatte eine Erleuchtung, wie man so schön sagt.

Ich wurde wach und wußte die Antwort auf die Frage meines Lebens. Die Lösung war so einfach, daß ich mich fast schäme, sie nicht eher gefunden zu haben.

Ich zog in eine andere Wohnung, blieb als Angestellter bei der Stadt, bewarb mich jedoch für ein anderes Ressort. Seitdem fühle ich mich wie jemand, der in der Lotterie das große Los gewonnen hat. Alle meine intimsten Wünsche wurden über Nacht Wirklichkeit. Alle meine Träume haben sich erfüllt. Ich bin der glücklichste Mann unter der Sonne. Vorbei sind die Zeiten, in denen ich wie ein Straßenköter dem anderen Geschlecht nachgelaufen bin, mit kaputten Knien, hart, hungrig und gedemütigt.

Jetzt kommen die Frauen zu mir, reife und junge, vollschlank und zartgliedrig, blonde, brünette, ledige und verheiratete. Sie kommen von weit her und warten. Manche Nacht sind es mehr, als ich verkraften kann, und das will bei mir schon was heißen.

Heute nacht lag ich auf einer Negerin mit einer Tätowierung auf dem kaffeebraunen Bauch, den sie mir einladend entgegenstreckte. Danach hatte ich eine weiße Dame mit blassen Lenden und langen schlanken Schenkeln. Sie hatte Hände wie eine Prinzessin. Dann ein Chinamädchen, nein: eine Japanerin mit zierlichen Füßen und blauschwarzem Pagenkopf. Ihr Schoß war ohne Schamhaar wie die Achselhöhlen. Sie duftete nach Sandelholz. Meine kleine Lotosblüte habe ich sie genannt. Ich war ihr erster Mann. Im Augenblick wartet eine Studentin auf mich. Sie ist höchstens zwanzig. Das hüftlange Haar fließt über ihre Schultern wie Kerzenlicht. Sie hält die Augen geschlossen, und das ist gut so. Ich mag es nicht, wenn man mich dabei anschaut. Die Wimpern liegen wie seidige Schatten auf den jungen Wangen. Die vollen Lippen verheißen Sinnlichkeiten von vulkanischer Süße. Wie raffiniert das kleine Luder seine Schenkel öffnet! Ist sie nicht süß!

Mein Gott, Mädchen, wie frisch und kühl ist deine junge Haut! Ich bin der glücklichste Mann auf der Erde.

Wie ich das geschafft habe?

Sie meinen, wieso ich mit einem Mal all die tollen Frauen …? Richtig, ich bin Ihnen ja noch eine Erklärung schuldig. Ich arbeite jetzt als einziger Nachtwächter im Leichenschauhaus von … nun ja, der Ort spielt keine Rolle. Aber falls Ihnen, meine Damen, in meinem Bezirk mal etwas zustoßen sollte – man kann nie wissen –, ich werde mich um Sie kümmern.

Angst

Als Heinrich Schliemann Troja ausgrub, fand er unter dem Hügel von Hissarlik, unter dem er die homerische Stadt vermutete, neun verschiedene Trümmerschichten von neun verschiedenen Städten.

Ähnliches erlebte ich beim Tapezieren meiner Altbauwohnung. Meine Vormieter hatten seit Jahrzehnten immer wieder neue Tapeten über die alten geklebt. Ich zählte sieben Schichten. In der Ecke hinter dem Kachelofen ließ sich die vielschichtige Zwiebelhaut aus geleimtem Papier leicht von der Wand lösen. Dabei entdeckte ich als unterste Lage die vergilbten Blätter einer Tageszeitung aus dem Jahre 1912. Der Tapezierer hatte sie als Makulatur verwendet. Unter diversen Reklamen für Riechsalz, Fischbein-Korsetts und Schnurrbartbinden fand ich den Bericht eines jungen Psychologen, Seelen-Doctor nannte man ihn wohl zu seiner Zeit, denn die Psychoanalyse war noch eine weitgehend unbekannte Wissenschaft. Sigmund Freuds »Traumdeutung« war noch druckfrisch. Aber was rede ich, lesen Sie es selber. Das ist der Bericht eines namentlich nicht genannten Seelen-Doctors vom 14.4.1912. Der Anfang war unleserlich. Aus den Bruchstücken ließ sich jedoch erkennen, daß es sich um die Personenbeschreibung eines Patienten namens Craemer handelte, aus Gründen der ärztlichen Schweigepflicht vermutlich ein Pseudonym. Und so las ich es an meiner Wand hinter dem Ofen:

»... jener Herr Craemer kam zu mir in die Praxis und sagte: ›Kennen Sie das unheimliche Gefühl, Herr Doctor, Sie kommen irgendwohin, wo Sie noch niemals waren, in eine fremde Stadt oder einen entlegenen Ort. Und plötzlich erkennen Sie bestürzt: Hier bin ich schon einmal gewesen. Kennen Sie dieses seltsame Gefühl? Oder irgend etwas geschieht, und Sie sagen sich: Das habe ich doch schon einmal erlebt. Obwohl Sie so etwas noch gar nicht erlebt haben können. Für mich‹, so sagte er, ›sind diese vorgeburtlichen Erinnerungen ein Beweis dafür, daß ich schon wiederholt auf dieser Erde gelebt habe. Jeder Mensch hat sein Karma, sein vorbestimmtes Schicksal, dem er nicht zu entgehen vermag. Mein Karma ist das Meer. Keine Macht der Erde wird mich jemals auf ein Schiff bringen, und dennoch bin ich dem Meer und seinen Bewohnern ausgeliefert. Es verfolgt mich bis in meine Träume.‹

Craemer hatte panische Angst vor allen Gewässern. Er litt unter Hydrophobie, einer krankhaften Angst vor Wasser. Im Verlauf der Behandlung erzählte er mir immer wieder von seinem Alptraum, der ihn in regelmäßigen Abständen verfolgte und quälte. Craemer war ein ausdrucksstarker Erzähler. Er hat mir seinen Traum immer wieder und so detailliert geschildert, daß ich ihn wiedergeben kann, als hätte ich ihn selbst erlebt:

›Um mich herum ist Licht, warmes Licht, Musik, Menschen, Lachen und Gläserklingen. Ich bin auf einem festlichen Ball. Walzerklänge beflügeln mich. Die junge Frau in meinen Armen lächelt mit geschlossenen Augen. Ihre Schultern sind nackt. Kerzenlicht schimmert auf den Perlen in ihrem Dekolleté. Wie wunderbar ihr Haar duftet! Mir ist warm und schwindelig vom Tanzen. Ich steige eine steile Treppe empor, gehe durch gläserne Pendeltüren. Frische Seeluft schlägt mir entgegen, kühl und salzig. Ich bin auf einem Schiff, einem großen Luxusdampfer. Ich stehe an der Reling, betrachte den Sternenhimmel, spüre das Schaukeln der Wellen und bin glücklich. Doch dann – der Magen krampft sich mir zusammen – verliere ich das Gleichgewicht, falle, stürze ins eisige Wasser, tauche unter, ringe nach Atem, werde nach oben gespült. Dicht neben mir, riesengroß wie ein Wolkenkratzer das Schiff. Ich sehe die Schattenrisse der Menschen hinter den erleuchteten Fenstern, höre ihr Lachen, die Musik. Ich schreie, winke, rufe, brülle, heule vor Wut und Ohnmacht. Niemand nimmt Notiz von mir. Das Schiff, und mit ihm alles Leben, alles Licht, alle Wärme, gleitet davon, verschwindet immer kleiner werdend in der Ferne.

Die Einsamkeit ist unbeschreiblich.

Winzig wie eine Ameise treibe ich in der grenzenlosen Weite des Ozeans, den sicheren Tod vor Augen. Fürchterlichste Finsternis und eisige Kälte umgeben mich. Die Einsamkeit ist unerträglich. Selbst Jesus am Kreuz kann nicht mehr gelitten haben. Ich bin dem Wahnsinn nahe. Nach endlosem verzweifeltem Kampf bin ich soweit, daß ich den Tod annehme, um dic Qual zu beenden. Ich zwinge mich dazu, nicht zu schwimmen, lasse mich fallen, versinke, schlucke Wasser. Die Atemnot ist unbeschreiblich, zerreißt mir die Lungen, treibt mich zurück zur Oberfläche, zwingt mich weiterzukämpfen. Es ist die Hölle. So geht es die ganze Nacht.

Gegen Morgen erwacht die Hoffnung.

Man wird mich auf dem Schiff vermissen. Natürlich werden sie mich vermissen. Sie werden nach mir suchen, zurückkehren und mich retten. Ich muß stark sein, durchhalten! Bald wird die Sonne aufgehen. Wird es nicht schon heller im Osten? Ich spüre neue Kräfte. Es wird Tag. Schon vermag ich meine Umgebung zu erkennen. Welche Hoffnung mir das Licht einflößt. Alles wird gut werden. Herr, ich danke dir! Die Sonne! Und dann sehe ich die Flossen, Haifischflossen, unerbittlich wie Messer durchschneiden sie den Wasserspiegel, schwarzschleimig wie Schlangenhaut. Immer enger werden die Kreise, deren Mittelpunkt ich bin. Mein Herz rast vor Angst. Ekel würgt mich. O Gott, bitte hilf mir! Laß mich sterben, damit die Quälerei endlich ein Ende hat.

Halbtot vor Angst warte ich darauf, daß mir die Bestien die Beine abbeißen, daß sie mich unter Wasser zerren, um mich zu zerfleischen. Ich erwache schreiend, schweißgebadet. Mein Herz rast. Keine Macht der Erde wird mich jemals auf ein Schiff bringen! Ich fürchte mich vor der Nacht, vor meinen Träumen. Vor allem fürchte ich mich davor, den Verstand zu verlieren. Bitte helfen Sie mir!‹

Ich behandelte Craemers Neurose nach den neuesten Erkenntnissen der psychoanalytischen Revolution. Diese Erkenntnisse besagen vereinfacht zusammengefaßt:

Das menschliche Bewußtsein weiß nichts von unbewußten Motivationen. Diese lassen sich häufig erst in unseren Fehlleistungen und Ängsten nachweisen. Unter Fehlleistungen versteht man einen Durchbruch unbewußter Tendenzen entgegen einer gewollten Absicht.

Und genau dieser Art waren die Ängste meines Patienten. Ich hatte nur Aussicht auf Erfolg, wenn es mir gelingen würde, ihm seine unbewußten Motivationen bewußt werden zu lassen.

Im Gegensatz zu Sigmund Freud, der in seiner Praxis sowohl auf jegliche Therapie mit elektrischem Strom als auch auf die Anwendung der Hypnose verzichtete, versuchte ich die von mir erkannte Neurose mit Elektroschock und hypnotischer Beeinflussung zu behandeln. Mit Hilfe der neuesten psychoanalytischen Erkenntnisse – wenn auch unter äußerster Anstrengung und nach einer Reihe von Rückschlägen – gelang es mir, Craemers unbewußte Widerstände Schritt für Schritt abzubauen. Am Ende wurde mir die schönste Belohnung zuteil, die ein praktizierender Arzt sich erhoffen darf. Es gelang mir, diesen noch bis vor kurzem hoffnungslosen Fall hundertprozentig zu heilen und damit einen weiteren Beweis für die zukunftsträchtige Richtigkeit der neuen Freudschen Lehre zu erbringen.

Als Abschluß und Krönung meiner Therapie erhielt ich heute folgende Depesche:

Sehr verehrter Herr Doctor,
Sie werden es nicht für möglich halten, wo ich mich zur Zeit befinde. Ich sitze auf dem Promenadendeck eines Ozeanriesen südlich von Neufundland und genieße das Meer.
Das Leben ist schön!
In steter Dankbarkeit

Ihr
E. W. Craemer

An Bord der TITANIC, den 12. 4. 1912.«

Fortibus est fortuna data

Was für den Hirsch das Geweih und für den Hahn der Schwanz, das ist für den Mann der Bart. Während jedoch beim Rotwild die männlichsten Männchen die größten Geweihe tragen und die aktivsten Hähne die längsten Schwänze, verhält es sich beim Menschen eher umgekehrt. Hier sind es die im wahrsten Sinne des Wortes Zukurzgekommenen, die sich die längsten Bärte wachsen lassen, um damit in der doppelten Bedeutung des Wortes zu werben.

Neben diesen sekundären Geschlechtsmerkmalen gibt es eine ganze Reihe von geschlechtsspezifischen Tätigkeiten, die ausschließlich von Männchen verübt werden, wie das Balzen und das Setzen von Duftmarken. Solch ein maskulines Imponierritual ist beim menschlichen Männchen das Pfeifenrauchen.

Das ist die Geschichte eines Mannes, der sich hinter einem Vollbart versteckte und an seiner Pfeife festhielt. Er war keine Führungspersönlichkeit oder, um beim tierischen Vergleich zu bleiben, kein Leittier, spielte jedoch diese so sehr ersehnte Hauptrolle durchaus nicht ohne schauspielerisches Geschick. Er war weder kreativ noch konstruktiv, wußte aber, wie man Rivalen aufs Kreuz legte und andere für sich arbeiten ließ. Seine Erfolgsdevise, die er bei jeder Gelegenheit zitierte, lautete: »Fortibus est fortuna data. Schicksal ist nicht das, was einem zustößt, sondern das, was man daraus macht.«

Kein Wunder, daß er eines Tages ganz oben war.

Um das Maß seines Männlichkeitsanspruches voll zu machen, fuhr er nun auch noch einen roten Porsche, um damit den weniger privilegierten Männchen seiner betrieblichen Affenhorde Respekt einzuflößen. Wobei der Vergleich mit unseren äffischen Urahnen durchaus so abwegig nicht ist, wie jeder bezeugen kann, der schon mal beobachtet hat, wie der Leitaffe einer Pavianherde mit seinem signalroten Gesäß Eindruck schindet. Und natürlich ist es hier wie dort immer der größte Arsch.

Dieser saß hinter seinem Schreibtisch, vor sich die Personalakte eines jener armen Schweine, die noch ihr Geld mit Arbeit verdienen mußten.

Seine Sekretärin steckte ihren platinblond gefärbten Kopf zur Tür herein: »Herr Makorn wartet im Vorzimmer.«

»Soll reinkommen. Und bitte, ich möchte nicht gestört werden, von keinem, auch kein Telefon.«

Der Mann, der das Zimmer betrat, war jünger als sein Boß. Er war nicht nur körperlich kleiner. Er bewegte sich wie jemand, der sich unterordnet, ohne devot zu sein. Junge Paviane nähern sich so den alten Leitaffen. Was ihn mit seinem Vorgesetzten verband, war der Vollbart, ein wenig frischer in der Farbe und vielleicht etwas kühner zurechtgestutzt.

»Nehmen Sie Platz. Rauchen Sie? Nein. Das ist gut. Aber einen kleinen Cognac lehnen Sie doch bestimmt nicht ab. Vielleicht einen Kaffee dazu? Ich werde uns einen bestellen.«

Er drückte auf die Sprechtaste, die ihn mit seiner Sekretärin verband, und bestellte das Gewünschte. Fast gleichzeitig öffnete sich die Tür. Der Kaffee wurde hereingetragen. Man wußte, was er wollte.

Die Männer betrachteten sich schweigend. Der hinter dem Schreibtisch jovial entgegenkommend, der davor leicht verunsichert, erwartungsvoll, nichts Gutes ahnend.

»Ich habe Ihre Personalakte studiert. Sie sind seit sechs Jahren bei uns, haben im Verkauf begonnen, arbeiten zur Zeit als zweiter Filialleiter und bringen alle Voraussetzungen mit, höher aufzusteigen, vielleicht sogar sehr hoch. Es liegt bei Ihnen. Allerdings erwarte ich von meinen Assistenten äußerste Kooperation, Treue und Verschwiegenheit – im Geschäftlichen wie im Privaten. Trauen Sie sich das zu?«

»Wie können Sie so etwas fragen? Das ist doch selbstverständlich.«

»Nun, so selbstverständlich ist das nicht. Ich erwarte von meinen Mitarbeitern, meinen engen Mitarbeitern, Treue bis über den geschäftlichen Teil hinaus ... gewissermaßen eine große Familie ... wenn Sie verstehen, was ich meine.«

»Natürlich, ich verstehe.«

»Dazu wären Sie bereit?«

»Aber sicher. Wie können Sie daran zweifeln?«

»Das gilt natürlich auch und ganz besonders für jene geschäftlichen Aktionen, die sich – wie sagt man so schön – am Rande der Legalität bewegen.«

Er taxierte seinen Besucher wie eine Ware. Bis auf den Bart hatte der Bursche nichts mit ihm gemeinsam.

»Kommen Sie, Makorn, setzen wir uns rüber. Da sitzt man bequemer.«

Sie wechselten hinüber zu der ledernen Sitzgarnitur unter dem Ölbild des Firmengründers.

»Noch einen Cognac?«

Er goß die Gläser voll und lehnte sich zurück.

»Ich möchte, daß Sie mich in einer etwas heiklen

Angelegenheit vertreten, nur vertreten, weiter nichts. Ich muß mich einer Blutprobe unterziehen, und ich möchte, daß Sie an meiner Stelle hingehen.«

»Einer Blutprobe?«

»Nicht, was Sie denken. Es hat nichts mit Alkohol zu tun. Es geht um einen Vaterschaftstest. Eine Angestellte unserer Firma – eine frühere Angestellte. Sie arbeitet nicht mehr für uns – behauptet, ich sei der Vater ihres Kindes.«

»Wer ist es? Kenne ich sie?«

»Darüber möchte ich nicht sprechen. Sie verstehen ...«

»Ich verstehe.«

»Überhaupt ist das Ganze eine Farce. Ich bin mir ziemlich sicher, daß ich nicht der Vater bin, aber natürlich will ich kein Risiko eingehen. Ganz ausschließen läßt sich so etwas halt nicht. Und deshalb dachte ich, daß Sie an meiner Stelle ...«

»Warum gerade ich?«

Bei der gerichtlich angeordneten Blutentnahme muß der Personalausweis vorgelegt werden, und eine gewisse Ähnlichkeit unserer Gesichter ist nicht von der Hand zu weisen, wie Sie zugeben müssen.«

»Ja ja schon, aber sind Sie sicher, daß wir damit durchkommen? Ich meine, Sie ...«

»Wo liegt das Risiko? Sie leisten keinen Meineid,

fälschen keine Unterschrift. Sie lassen sich in meinem Auftrag etwas Blut abzapfen.«

»Mit Ihrem Paß.«

»Ein Vergehen, zu dem ich Sie angestiftet habe, das mich mehr betrifft als Sie. Ein Treuebeweis verbunden mit einer nicht unerheblichen Beförderung. Fortibus est fortuna data. Schicksal ist nicht das, was einem zustößt, sondern das, was man daraus macht.«

Makorn fragte: »Wann und wo?«

»Am kommenden Dienstag um neun im Katharinen-Hospital.«

Ein kräftiger Händedruck, Schulterklopfen.

Als sich die Tür hinter Makorn schloß, genehmigte sich der Alte noch einen Cognac auf sein eigenes spezielles Wohl. Ein Stein war ihm vom Herzen genommen. Nur gut, daß man für alles seine Leute hatte. Natürlich bin ich der Vater, dachte er. Da gibt es gar keinen Zweifel. Sie hat nur mich geliebt. Und wie! Eigentlich bin ich ein Schuft. Eine kleine Tipse, kaum zwanzig mit einem Hungergehalt. Ach was, ein Mädchen mit solchem Gang, das findet schon die richtige Richtung. Die kleine Hexe wollte mich ausnehmen. Ein paar süße Nümmerchen und eine Rente auf Lebenszeit. So läuft das nicht, nicht mit mir.

Und was ist, wenn dieser Makorn nicht dichthält?

Warum sollte er? Der hängt doch mit drin.

Trotzdem, dachte er, muß ich verdammt vorsichtig sein. Die Angelegenheit mit der gefälschten Steuererklärung ist noch nicht aus der Welt. Die Bewährungsfrist läuft noch. Wenn sie mich erwischen, gehe ich für ein paar Jahre in den Knast. Aber, was soll schon schiefgehen.

Und wenn sie bei der Paßvorlage was merken?

Wer sieht schon so aus wie sein Paßbild? Und eine gewisse Ähnlichkeit war unverkennbar. Der Bart ist aber auch wirklich das einzige, das ich mit diesem Befehlsempfänger gemein habe.

Am Dienstagabend meldete sich Makorn. Die Blutentnahme war ohne Komplikationen verlaufen. Niemand hatte etwas bemerkt.

Zwei Wochen später traf per Einschreiben das Ergebnis des Vaterschaftstests ein. Darin stand: Die genetische Aufschlüsselung des Blutbildes ergibt eindeutig und zweifelsfrei, daß es sich bei dem Untersuchten um den Vater des Kindes handelt.

Da war doch etwas, das er mit Makorn gemeinsam hatte.

Der Stecher

Sie nannten ihn Nean. Das hieß in ihrer Sprache: der Fremde. Er war über das Nordeis gekommen, ein Einzelgänger ohne Weib und Horde. Sein einziger Besitz war sein Eibenholzspeer. Nean redete nur selten. Die Narben seines sehnigen Körpers sprachen für sich. Ein Wolf hatte ihm das linke Ohr abgerissen. Scharlachrot zog sich die Narbe eines Prankenhiebes über seine Brust. Er trug die Krallen von acht Höhlenbären um den Hals. Als die Kinder der großen Wölfin ihn fanden, lag er mit gebrochenen Beinen neben einem erlegten Büffelbullen. Sie hatten ihn gesund gepflegt, und er war dageblieben.

Seit sieben Sonnenaufgängen heulte der Sturm über die Tundra. Schneewolken verdunkelten den Himmel, so als hätten die Wölfe der Unterwelt die Sonne verschluckt. Hal, der Herr des Hungers, beherrschte das Land.

Abgemagert, in zottelige Felle gehüllt, hockten die Jäger auf dem Boden der Höhle. Gebannt starrten sie auf den Mammutbullen, den der Schamane mit Holzkohle und geronnenem Blut auf die Wand gezeichnet hatte. Im flackernden Feuerschein der Harzfackeln sah es so aus, als ob sich der Bulle bewegte. Böse bebten seine Stoßzähne.

»Bruder Gongugon, du bist in meiner Macht«, flüsterte der Schamane mit beschwörender Stimme. »Die Flammen des Feuers werden dein Fleisch verwandeln. Deine Kraft wird weiterleben in uns, den Kindern der großen Wölfin. Unsere Speere werden dir Schmerz zufügen. Verzeih uns, ehrwürdiger Großvater der Gletscher.

Dein Schicksal ist unser Schicksal. Dein Blut ist unser Blut.«

Der Schamane flüsterte in einer Sprache, die sich wie Wolfslaute anhörte. Er trug einc Maskc und hatte seinen faltigen Leib mit roter Erde eingerieben. Seine Augen waren geschlossen. Er befand sich in heiliger Trance. Das Bilsenkraut hatte seine Wirkung getan. Er tanzte im Kreis der Männer und beschwor die Geister der Toten. Trotz der Kälte rann ihm der Schweiß über den zuckenden Leib.

Vor einem jungen Jäger blieb er stehen.

»Nimm dich in acht, Büffelkind, nimm dich in acht«, flüsterte er. Zu Häuptling Bärenherz sagte er: »Die Schatten der Geier kreuzen deinen Weg. Schonan, der Schakal, hat sein blutiges Gebiß entblößt. Die Toten rufen dich. Hal verlangt ein Opfer.«

Die Füße des Schamanen stampften den steinigen Boden. Er stieß kurze heisere Schreie aus.

Die Männer wagten kaum zu atmen. Ihr Leben lag in seiner Hand. Plötzlich wirbelte er herum und zeigte mit knochigen Fingern auf Nean: »Du«, rief er, »du wirst deine Lanze in das Herz des Gongugon stoßen. Hal wird deine Hand führen. Es wird Fleisch in Massen geben. Die Kinder der großen Wölfin werden in warmem Blut baden … Ihre Leiber werden von Fett glänzen.«

Nean sagte: »Habe ich nicht das letzte Mammut getötet? Und den Büffel davor? Und den Bären? Schaut mich an! Mein Leib ist voller Narben. Warum wieder ich? Bin ich der einzige Mann unter den Kindern der großen Wölfin? Ist nicht Bärenherz unser Führer? Warum übernimmt nicht er den Todesstoß?«

»Hal hat gesprochen«, sagte der Schamane. »Das Schicksal hat dich auserwählt. Dein Jagdglück ist grenzenlos. Du bist unsterblich wie das ewige Eis. Deinen Namen wird man noch nennen, wenn wir alle zu Staub zerfallen sind. Du wirst den Gongugon töten. Hal hat gesprochen.«

»Hal hat gesprochen«, sagten die Männer.

Der Gongugon stand am Fuß des Gletschers im Windschatten und äste. Er war einer jener bösartigen Bullen, die im hohen Alter zu Einzelgängern werden. Die Söhne der großen Wölfin schlichen sich gegen den Wind an den Koloß heran. Mammuts haben schlechte Augen, aber hervorragende Ohren. Trotz der Kälte liefen die Männer barfuß. Sechzehn Jäger waren sie, vier Händevoll ohne Daumen, wie sie sagten. Lautlos wie Schlangen glitten sie über den steinigen Grund. Hufeisenförmig umflossen sie ihr Opfer. Als sie nur noch zwanzig Schritte von dem Giganten trennten, erhob sich Nean. Er reichte dem Riesen nicht einmal bis an die Knie.

»He, du häßlicher Fleischkloß«, rief er. »Ich bin gekommen, mit dir zu kämpfen.«

Der Bulle fuhr herum. Seine kleinen, blutunterlaufenen Augen blitzten vor Zorn. Die mächtigen Ohren bewegten sich auf und nieder. Was wollte dieser Winzling? Wo kam der so plötzlich her? Angewidert hob der Herr der Eisfelder seinen Rüssel, um das Ungeziefer zu beschnuppern.

»Na komm schon, Großvater«, rief Nean, »beweg dich, komm her, damit ich dich töten kann.«

Er schleuderte dem Bullen einen faustgroßen Stein zwischen die Augen. Das war zuviel. Der Gongugon stieß einen trompetenartigen Wutschrei aus. Der gefrorene Boden dröhnte vom Stampfen der Vorderbeine. Dann setzte er sich in Bewegung. Wie eine Lawine löste er sich aus dem Schatten des Gletschers.

Auf diesen Augenblick hatten die Söhne der großen Wölfin gewartet. Wie ein Mann standen sie auf. Sie umstanden den Riesen wie ein Lanzenzaun. Verdutzt blieb er stehen. Da traf ihn der Hagel ihrer Speere. Wie Blitze fuhren ihm die Lanzen in die Augen, in die Gehörgänge seiner empört aufgestellten Ohren, durchbohrten seinen empfindlichen Rüssel.

Binnen weniger Herzschläge war der Gigant geblendet, taub, ohne Witterung. Er schrie vor Schmerz und Wut, schlug um sich und riß sich mit blutendem Rüssel die Lanzen aus den Augen und Ohren. Die Wunden brannten wie Feuer. Der Schmerz machte ihn tollwütig und unberechenbar. Die Söhne der großen Wölfin sammelten die abgeschüttelten Speere und stießen sie dem Riesen in die Kniekehlen, in den After und in die Hoden. Der Gemarterte tobte in blinder Ohnmacht.

Ziellos wirbelte er herum.

Häuptling Bärenherz stürzte über einen Stein. Der rasende Riese zerstampfte ihn. Die Warnung des Schamanen hatte sich erfüllt.

Büffelkind, der von einem Hieb der Stoßzähne getroffen wurde, flog in hohem Bogen durch die Luft. Er kam mit dem Leben davon, aber der Schlag brach ihm beide Beine.

Allmählich wurden die Bewegungen des Bullen langsamer, aber auch überlegter. Er verlor an Kraft, aber – nachdem seine anfängliche Raserei verraucht war – gewann er seinen kühlen Kopf zurück. Jetzt war er nicht mehr der blind tobende Orkan. Er war ein gefährlich berechnender Gegner, der wußte, daß es um Tod und Leben ging. Wie die Zeichnung an der Höhlenwand, so stand er im blutigen Schnee, lauernd wie eine erhobene Lanze.

Der Moment der Wahrheit war gekommen.

Nean nahm den Speer mit beiden Fäusten. Er trat ein paar Schritte zurück. Der kalte Hauch des Todes berührte ihn. »Hal, nicht mein, sondern dein Wille geschehe!« Dann rannte er dem Riesen den Speer in die Brust bis hinein in das zuckende Herz. Ein Schlag traf ihn. Er vernahm die Worte des Schamanen: »Du bist unsterblich wie das ewige Eis. Dich wird es noch geben, wenn wir alle nicht mehr sind. Du bist Gottes Sohn!« Der Schamane irrt sich nie, dachte er. Dann verlor er die Besinnung.

»Niemand ist wie ER«, sagte der Schamane ehrfürchtig. »Die Nornen sind mit ihm. ER ist das Licht und die Wahrheit, die Kraft und die Herrlichkeit.«

Sie legten ihm die Häuptlingskette aus Feuersteinen um den Hals. Der Schamane ritzte seine Haut. Das Blut tropfte in den Opferkelch. »Siehe, das ist sein Blut, vergossen für uns alle!« Unbeweglich, wie aus Hartholz geschnitzt, nahm er ihre Huldigung entgegen. Nun war er ihr Führer. Er erhielt einen Ehrennamen. Sie nannten ihn: »Der Taler«; das bedeutet: der Stecher. Von allem erlegten Wild gehörten ihm Herz, Hirn und Hoden. Ihm gehörten alle jungfräulichen Mädchen der Rotte. Erst wenn er sie gehabt hatte, durften die anderen sie schwängern.

»Rühr mich nicht an«, keuchte Kuschalka.

Kuschalka hieß in ihrer Sprache: die Wildgans.

»Rühr mich nicht an, oder ich kratze dir die Augen aus dem Kopf. Ich hasse dich.«

»Wenn ich eine Gans fresse«, sagte Nean, »so ist es mir gleichgültig, ob sie mich mag oder nicht. Wichtig ist, daß ich sie mag, und ich mag sie fleischig und jung mit fester Brust und fettem Steiß, so wie du, Kuschalka.«

Er griff in ihr fettiges hüftlanges Haar und warf sie mit einem einzigen Ruck zu Boden, so wie es die Hirten im Süden machen, wenn sie die jungen Rentierhengste zur Sommersonnenwende kastrieren. Sie werfen die sich heftig wehrenden Tiere auf den Rücken und zerbeißen ihnen die Hoden.

Kuschalka schrie wie ein Rentier. Es half ihr nichts. »Er ist ein guter Stecher«, sagten die Männer in der Höhle.

»Niemand ist wie Nean, der Taler«, flüsterten die Frauen ängstlich erregt. »Seinen Namen wird man noch nennen, wenn wir nicht mehr sind. Nean ist ein Sohn der Götter. Er wird uns unsterblich machen.«

Und sie sollten recht behalten.

So wie wir Christen den Namen unseres göttlichen Helden tragen, so erging es auch den Kindern der großen Wölfin. Sie tragen für alle Zeiten seinen Namen, und das seit hunderttausend Jahren. Ecce homo! Neulich habe ich ihn im Museum besucht.

Welch ein Schädel!

NEAN DER TALER

Der Blutsäufer

Im Norden von Damaskus – nicht weit von einem Felsen, den die Bauern Al-Rawda nennen – stießen Straßenbauarbeiter auf ein guterhaltenes Gewölbe aus gebrannten Ziegelsteinen. Römische Ruinen sind in dieser Gegend keine Seltenheit. Wahrscheinlich handelte es sich um eine antike Wasserzisterne.

Die Vermutung schien sich zu bestätigen, als ein Arbeiter einen Tonscherben fand, der mit lateinischen Schriftzeichen dicht bedeckt war.

Über den Besitzer der Baufirma und einen befreundeten amerikanischen Architekten gelangte der Scherben an mich. Die Buchstaben waren trotz ihres hohen Alters erstaunlich gut lesbar. Eine später durchgeführte Materialanalyse ergab, daß sie mit Blut aufgetragen worden waren. Der trockene Ton hatte die feuchte Schrift aufgesaugt und chemisch konserviert.

Die Übersetzung der Zeichen auf der Tontafel lautete:

Wir waren achtzehn Männer in einer Kerkerzelle. Ich, Petronius Graecus, bin der letzte. Wann werden sie kommen und mich holen? Ich bin des Todes, denn ich bin ein Christ. Unser aller Leben war friedlich bis zu dem Tag, an dem *er* kam. Saulus Sanguineus (blutsaufender Saul) nennen sie ihn in Damaskus.

Seine Spitzel sind überall. Sein Name verbreitet Angst und Schrecken. Niemand wagt, ihn zu nennen. Selbst in den Katakomben flüstern sie nur seine Anfangsbuchstaben.

Niemals seit der Erschaffung der Erde haben zwei Buchstaben mehr Grauen verbreitet.

Er ist kein Römer. Er stammt aus Tarsos, aber er ist römischer als der römische Kaiser, wenn es darum geht, das Reich von artfremden Elementen zu reinigen.

Ich bin der letzte von achtzehn Männern in einem Kerker und warte auf den Tod.

Werden sie mich ans Kreuz schlagen? Werde ich als lebende Pechfackel brennen? Oder wird sich der Pöbel an meinen Qualen ergötzen, wenn mich die Löwen im Circus Maximus zerfleischen?

Ich beschreibe diesen Tonscherben als Anklage für die Ermordung meiner Brüder und Schwestern. Jesus hat gesagt: Liebet auch die Menschen, die euch Böses tun. Saulus Sanguineus von Damaskus ist kein

Mensch. Er ist eine Bestie, ein Teufel. Verflucht sei er bis in alle Ewigkeit.

Hier endet der Scherben.

Sein Fluch sollte sich nicht erfüllen.

Im Jahre 33 hatte der SS eine Christus-Vision. Aus Saulus wurde Paulus. Der Schlächter von Damaskus wechselte die Fronten und avancierte zum Apostel Paulus. Tausende von Kirchen tragen noch heute seinen Namen. Wer aber kennt die Namen seiner christlichen Opfer?

Nicht auszudenken, was aus Heydrich, Himmler und all den anderen SS-Leuten hätte werden können, wenn sie am Ende die richtige Vision gehabt hätten.

Das Kernkraftwerk

Sie stand im Mittelschiff des dämmrigen Domes. Das Licht der schon tief stehenden Sonne rieselte wie geriebene Ölkreide durch die bleiverglasten gotischen Fenster. Draußen dröhnte der Verkehr der Stadt. Der Lärm brandete wie ein Meer gegen die Mauern. Kein Laut drang hier herein.

Eine Gruppe von Touristen störte sie in ihren Betrachtungen. Sie hatten sich um einen Fremdenführer geschart: »Das ist das Grabmal Heinrichs des Löwen«, sagte er. »Sie sehen ihn hier lang ausgestreckt neben seiner Gemahlin auf dem Rücken ruhend. In den Händen hält er – Sie erkennen es gewiß – das Modell dieses Domes. Wie kein anderer seines Geschlechtes hat der große Welfe das Gesicht seiner Zeit verändert. Niemand hat so viele Städte gegründet wie er: München, Lübeck, Ratzeburg, Schwerin, und dennoch hat er sich erstaunlicherweise mit diesem Dom in den Händen verewigen lassen.«

Niemand staunte. Die Menschen liefen auseinander.

Der Führer blieb allein zurück.

Die junge Frau ging zu dem Grabmal. Sie fragte: »Warum hat er sich mit diesem Bauwerk verewigen lassen?«

Er betrachtete sie, als wollte er sich ihr Gesicht tief einprägen. Seine hohe gewölbte Stirn erinnerte sie an Oppenheimer, den Atomphysiker. Eine Nickelbrille umrahmte seine Augen.

»Das ist nicht irgendein Bauwerk«, sagte er. »Heinrich der Löwe hat unendlich viele Bauten errichten lassen, ganze Städte. Nichts von all der Pracht ist in seinem Grabmal erwähnt, nichts außer diesem Dom. Ein Dom ist weit mehr als ein Gebäude. Ein Dom ist ein Kraftwerk, ein Atomkraftwerk, wenn Sie so wollen.«

Überzeugungskraft ging von ihm aus. Die Turmuhr schlug vier.

»Sie müssen mich entschuldigen. Ich habe es sehr eilig. Wenn Sie sich für den Dom interessieren, die nächste Führung ist morgen nachmittag.«

»Ich bin nur auf der Durchreise, auf Studienreise. Ich studiere Kulturgeschichte, Baugeschichte, die Romanik. Schade, es klang sehr interessant, was Sie da über den romanischen Dom gesagt haben.«

Er blickte auf seine Armbanduhr: »Wenn Sie um sieben Uhr noch hier sind, zeige ich Ihnen den Dom, so wie ich ihn sehe. Übrigens, ich heiße Mannteuffel, mit zwei n und zwei f.«

»Ja, sehr gern. Ich heiße Margret Engelmann. Ich freue mich darauf.«

Als sie um sieben das hohe Mittelschiff betrat, war sie die einzige. Sie blickte sich um. War das wirklich der gleiche Raum wie heute nachmittag? Das farbige Feuer in den Fenstern war erloschen. Geheimnisvolle Dämmerung füllte den Raum wie Nebelschwaden. Plötzlich stand er neben ihr, und als könnte er ihre Gedanken lesen, sagte er: »Um diese Zeit erwacht der Atem der alten Wälder. Wie Wotanseichen tragen die Pfeiler das Gewölbe. Verblaßte Wandgemälde erwachen aus mythischem Schlaf. Deckenornamente, goldene Lettern, Leitsterne, Gestirne einer anderen Welt: Lapata, das Licht Luzifers, Astarte und Uriel, das Feuer der Nornen.«

Er sprach mit beschwörender Stimme und starrte zur Decke, als sähe er wirklich, was er in fast visionärem Eifer beschrieb. »Glauben Sie an Visionen?«

»Aber ja, ganz gewiß. Sind sie nicht der beste Teil unserer Existenz? Die Intensität des Lebens wächst mit der Kühnheit unserer Visionen. Dieser Dom, welch gewaltige visionäre Schau! Zu groß, viel zu groß, als daß die heutigen Gehirnmenschen sie auch nur annähernd zu erahnen vermöchten.«

»Zwar weiß ich viel, doch möcht ich alles wissen.«

»Wagner zu Faust. Mögen Sie Faust?«

»Ich fühle wie er.«

»Sehr gut! Wer immer strebend sich bemüht … Neugier, Neugier ist das Fundament aller Studien. Nur wer fragt, erhält eine Antwort. Max Frisch berichtet von einem blinden Fremdenführer auf der Akropolis, der den Besuchern die Bauten zeigt, indem er Fragen an sie richtet: Wie sehen diese Säulen aus? Beschreiben Sie sie mir! Welche Farbe? Welche Form? Machen wir es ihm nach. Ich bin ein blinder Fremdenführer. Meine erste Frage lautet: Warum, glauben Sie, hat man diesen Dom errichtet.«

»Zur Ehre Gottes.«

»Ja, gewiß. Und zu Ehren seiner Erbauer. Aber das ist mir zu allgemein. Welche Funktion hatte er?«

»Gotteshaus.«

»Gott braucht keine Wohnung.«

»Versammlungshaus der Gemeinde.«

»Falsch. Für einen Versammlungsraum ist der Dom viel zu hoch. Hier könnte man leicht ein Dutzend Stockwerke einziehen. Solch eine enorme Höhe für einen Versammlungsraum wäre Verschwendung und deshalb Schwachsinn. Die Erbauer der Kathedralen aber waren hochgescheite Leute. Verschwendung konnten sie sich nicht leisten. Als dieser Dom gebaut wurde, lebten in der Stadt dreitausend Menschen, von denen die meisten nicht einen roten Heller besaßen. Es waren nur wenige, die die Baukosten trugen.«

»Sie meinen, der Dom erfüllt keine Funktion?«

»Das habe ich nicht gesagt. Er wurde nicht für Menschen errichtet. Schauen Sie dort oben die Deckenmalerei. Sie liegt so hoch, daß man sie kaum erkennen kann. Als sie entstand, waren die Fenster noch viel kleiner, das Glas noch dicker und lichtundurchlässiger. Kein Mensch vermochte sie dort oben im Dämmerlicht zu erkennen. Und doch wurden sie mit unglaublicher Sorgfalt ausgeführt.«

»Sie meinen, der Dom wurde nicht für Menschen gebaut?«

»So ist es. Darin unterscheidet er sich ganz wesentlich von unseren modernen Kirchen, die nur für Menschen konzipiert werden und die bezeichnenderweise Gemeindezentren heißen. Sie werden nach praktischen Gesichtspunkten wie Heizung, Lüftung, Beleuchtung und Bestuhlung geplant. Der Mensch ist das Maß aller Dinge.«

»Dann ist der Dom Ihrer Meinung nach so etwas wie ein Denkmal, ein Kunstwerk ohne wirkliche Funktion?«

»Aber nein, ganz im Gegenteil. Der Dom ist ein reiner Funktionsbau, so wie unsere Hochgaragen, Fabriken und Kraftwerke.«

»Wieso Kraftwerke? Heute nachmittag sprachen Sie sogar von einem Kernkraftwerk.«

Sie hatten das Grabmal Heinrichs des Löwen erreicht. Mannteuffel sagte: »Er war einer der Mächtigen seiner Zeit. Er hält kein Schwert, kein Reichszepter, kein Kruzifix in der Hand, sondern ein Modell dieses Domes. Können Sie sich einen Großen der Gegenwart vorstellen, der sich mit dem Modell eines Gemeindezentrums verewigen ließe? Sie lachen, mit Recht. Wenn der Brauch heute noch bestünde, ein Staatsoberhaupt mit dem markantesten Werk seiner Regierungszeit zu bestatten, so würde er wohl das Modell eines Kernkraftwerkes in den Händen halten, denn die Atomenergie verkörpert nicht nur militärische Großmacht, sondern vor allem technische und wirtschaftliche Überlegenheit.«

»Der romanische Dom ein Kernkraftwerk. Ist das nicht ein reichlich reißerischer Vergleich? Klingt wie die Schlagzeile in einem Revolverblatt.«

»Kommen Sie, ich will Ihnen etwas zeigen.«

Er eilte mit so großen Schritten durch das Mittelschiff, daß sie Mühe hatte, ihm zu folgen. Vor den Stufen, die zum Altar hinaufführten, blieb er stehen. Er fragte: »Wie viele Stufen zählen Sie?«

»Zwölf.«

»Zwölf Stufen. Warum liegt der Chor im romanischen Dom so enorm hoch?«

»Darunter liegt die Krypta.«

»Richtig, die Krypta.«

Er betätigte einen Lichtschalter und öffnete eine Tür seitlich der Stufen, die zum Chor aufstiegen. Hinter der eisenbeschlagenen Tür empfing sie Grabeskühle. Eine Steintreppe führte hinab in ein kellerartiges Gewölbe. Er reichte ihr die Hand. Über ausgetretene steile Stufen erreichten sie die Unterkirche. Es roch nach Erde, Tod und feuchter Fäulnis. Er führte sie in die Mitte des Gewölbes, ließ sie los, verschwand hinter einem Pfeiler. Sie vernahm das Knipsen eines Schalters. Dunkelheit umgab sie. Der Sturz in die Finsternis erfolgte so plötzlich und unerwartet, daß sie aufschrie.

»Bewegen Sie sich nicht. Bleiben Sie, wo Sie sind! Sie befinden sich im Brennpunkt des kosmischen Kraftwerkes, in der Brennkammer, wenn Sie so wollen. Kein Tageslicht dringt hier herein. In absoluter Finsternis wurden hier die jungen Priester zu Eingeweihten. Mit ausgebreiteten Armen auf dem Steinboden liegend, mehr tot als lebendig, verbrachten sie hier mehrere Tage und Nächte, Ewigkeiten, wie es ihnen erschien.

Legen Sie sich mit dem Bauch auf die Steine. Fühlen Sie die Kraft der Verwandlung, eine blasse Ahnung nur, mehr kann es nicht sein, aber sie ist ohne Zweifel vorhanden. Quare spendidum te, si tuam non habes, aliena claritudo non efficit. – Dich läßt kein fremder Glanz erstrahlen, wenn du keinen eigenen besitzt.«

Als das Licht aufflammte, lag sie bäuchlings auf den Steinplatten, blaß und geblendet.

»Hatten Sie Angst?«

»Ja«, gestand sie, »entsetzliche Angst. Schon als Kind habe ich nichts so sehr gefürchtet wie die Finsternis. In meinen Alpträumen werde ich nicht verfolgt, ich falle nicht ins Bodenlose, niemand krümmt mir ein Haar. Da ist nichts, absolut nichts, nur Dunkelheit, schreckliche unbeschreibliche Lichtlosigkeit.«

»Die Griechen sagten: Je heller das Licht, um so dunkler die Schatten. Das gilt auch für den romanischen Dom. Diese letzten Bauten leuchtenden Glaubens stehen über Abgründen tiefster Finsternis. Alle alten Kirchen wurden auf den Ruinen heidnischer Opferstätten erbaut. Zum einen demonstrierten die Missionare damit den Sieg über die alten Götter, zum anderen aber wissen wir heute, daß Ameisen, Termiten und andere Insekten ihre Bauten immer über Schnittpunkten von Wasseradern und verstärkten magnetischen Feldern errichten. Niemand weiß, warum sie das tun, aber diese Strahlung gibt ihnen etwas, das für sie so lebensnotwendig ist wie Luft und Wasser. Genauso verhält es sich mit den alten Heiligtümern. Sie liegen immer in besonderen kosmischen Strahlungsfeldern, unterstützt von der Magie der Märtyrer und vom Brennglaseffekt der architektonischen Bauform.«

»Das müssen Sie mir erklären. Ich kann Ihnen nicht folgen.«

»Die Kraft der Krypta steht in geheimnisvollem Zusammenhang mit dem Reliquienkult. Eine Kirche wurde erst dann zum Gotteshaus, wenn sie mindestens eine Reliquie enthielt. Reliquien sind Körperteile von Märtyrern, die für Christus ihr Leben geopfert haben. Man war fest davon überzeugt, daß sie die Gabe hatten, Wunder zu vollbringen. Die Gräber der Märtyrer wurden so bewacht wie heute unsere Banken. Ungeheure Summen wurden für ihren Erwerb ausgegeben. Als die sterblichen Überreste des Heiligen Vitus von Franken nach Sachsen gebracht wurden, begann das Reich der Franken zu zerfallen, das der Sachsen nahm an Macht zu, so berichtet es ein Zeitgenosse Widukinds. Wir mögen heute darüber lächeln, aber die alten Berichte über Wunder durch Reliquien beweisen einen Glauben und damit eine seelische Kraft, die für ihre Zeit real und gültig war.«

»Und was ist mit der Bauform?«

»Wir glauben, wir formen unsere Bauten, aber vielleicht formen die Bauten uns. Jedes Kind weiß, daß man Sonnenlicht mit Hilfe eines Brennglases so extrem verstärken kann, daß es Feuer entfacht. Mit Hilfe von Hohlspiegeln sind wir in der Lage, Signale aus dem All aufzufangen, die Lichtjahre entfernt sind. Mikroskope vermögen unserem Auge unsichtbare Gegenstände tausendfach zu vergrößern. Diese Wunder werden vollbracht, indem man einem Glaskörper eine bestimmte Form oder Krümmung gibt.

Unsere Erde wird pausenlos von einer Vielzahl bekannter und unbekannter kosmischer Strahlen beschossen. Was geschieht, wenn diese Strahlen durch eine Dachkuppel von einer ganz bestimmten Krümmung dringen, durch ein pyramidenförmiges Prisma oder durch einen Spitzbogen? Und welchen Einfluß hat diese Strahlenbündelung auf die Menschen, die unter dieser Kuppel leben?

Wir wissen heute, daß bestimmte Strahlen tiefgreifende Veränderungen der Erbmasse bewirken, Krebs erzeugen und zerstören oder Depressionen hervorrufen. Was verursacht diese Strahlung noch?«

»Sie reden über geheimnisvolle Zusammenhänge,

von denen ich noch nie etwas gehört habe. Ich könnte Ihnen stundenlang zuhören.«

Er blickte auf die Uhr. »O mein Gott, es ist bereits neun. Wir müssen uns beeilen. Um neun wird der Dom abgeschlossen, und ich habe es versäumt, mir einen Schlüssel zu besorgen.« Sie hasteten die Stufen hinauf. Als sie die Kirchentür erreichten, war sie verschlossen.

»Verdammt«, sagte er, »wie konnte ich nur die Zeit vergessen.«

»Und was machen wir jetzt? Können wir nicht durch ein Fenster nach draußen steigen?«

»Sie sind alle vergittert, bestens vergittert, wegen der unbezahlbaren Kunstschätze, die hier lagern.«

Sie trommelte mit ihren Fäusten gegen die Tür. Das dicke Holz verschluckte ihr Klopfen.

»Was schlagen Sie vor?«

»Wir werden die Nacht hier verbringen müssen. Morgen früh um sechs wird die Sakristei aufgeschlossen. Bis dahin werden wir es uns so bequem wie möglich machen. Ich habe schon schlimmere Nächte erlebt.«

Sie stiegen zum Chor hinauf, wo einer der Außenscheinwerfer, die den Dom nachts anstrahlten, das Fenster taghell erleuchtete. Sie schoben ein paar Bänke zusammen, sammelten sämtliche Sitzkissen ein und versuchten sich so wohnlich wie möglich einzurichten.

»Sind Sie hungrig?« fragte er.

»Nein. Und Sie?«

»Auch nicht, aber durstig vom Reden. Bei der Sakristei gibt es einen Wasserhahn.«

Als er zurückkam, hielt er eine Kanne mit kaltem Wasser in der Hand. »Ein guter Tropfen.«

Plötzlich mußte er laut lachen.

»Warum lachen Sie?«

»Ich dachte gerade daran, was der Küster morgen früh für ein Gesicht machen wird, wenn er mich mit Ihnen hier findet, in diesem Kissenlager.«

Nun mußte auch sie lachen: »Er wird Sie für einen Wüstling halten, für einen Kirchenschänder.«

»Darauf stand einmal die Todesstrafe. Wer eine Jungfrau an geweihtem Ort verführt, soll durch das Richtschwert sterben.«

»Na, da bin ich aber beruhigt.«

Er trank ihr zu: »Auf Ihr Wohl.«

Sie sagte: »Wo wir schon die Absicht haben, gemeinsam eine Nacht zu verbringen, sollten wir auf das Sie verzichten. Ich heiße Margret.«

»Ich heiße Lutz.«

Sie legte sich in die Kissen zurück: »Eigentlich ist es eine glückliche Fügung, daß sie uns hier eingesperrt haben. So kannst du mir nicht fortlaufen, und ich kann dir die ganze Nacht zuhören. Du weißt so vieles, von dem ich keine Ahnung habe. Ich weiß so wenig.«

Er sagte: »Keine andere schöpferische Disziplin ist so eng mit dem Raum und der Zeit verbunden wie die Architektur. Als einzige formt sie neue reale Räume, die der Mensch betreten kann. Der Zeitfaktor für Bauten ist ein völlig anderer als für Musik, Malerei oder Dichtung. Die Entstehung ist nicht an das Leben eines Künstlers gebunden. Von ihm erfolgt oft nur der schöpferische Impuls. Bisweilen bauen viele Generationen an dem Werk, wie hier an diesem Dom. Doch selbst innerhalb einer Generation wird das Gebäude von den hervorragendsten Geistern der Zeit geformt. Damit aber wird es wie kein anderes Kunstwerk zum getreuen Spiegelbild seiner Epoche. Vor dir liegt wie ein offenes Buch eine ganze Epoche, in der Wunder noch konkret erlebt wurden.«

»Konkret erlebt? Wie soll ich das verstehen?«

»Nimm zum Beispiel das Rechtswesen. Man überließ es Gott, die Schuld eines Angeklagten darzulegen. Dabei mußte der Beschuldigte einen Ring oder einen Stein aus einem Kessel mit heißem Wasser holen. In manchen Gegenden hatte er ein glühendes Stück Eisen mit bloßer Hand eine bestimmte Strecke weit zu tragen. Wenn er sich nicht verbrannte, so galt das als Beweis seiner Unschuld. Kein einigermaßen normaler Mensch hätte sich solch einem Urteil unterworfen, wenn von vornherein und grundsätzlich festgestanden hätte, daß man sich dabei immer die Finger verbrennt. Die Chancen müssen wenigstens eins zu eins gewesen sein. Wenn aber die Hälfte aller Menschen in der Lage war, glühendes Eisen anzufassen, ohne sich zu verbrennen, so verstößt das gegen alle unsere Gesetze der Logik und ist in unseren Augen ein Wunder.«

»Glaubst du an Wunder? Was ist das Besondere an diesem Dom?«

»Die Sprache aller Architekturen von der Romanik bis zur Gegenwart ist einfach: die himmelstürmende Sehnsucht der Gotik, die nostalgische Vernunft der Renaissance, die orgelbrausende Theatralik des Barock bis zum seelenlosen Funktionalismus der modernen Stahlbetonraster. Die Romanik aber ist eine Fremdsprache, die es noch zu entschlüsseln gilt.«

Sie sagte: »Ich würde alles dafür hingeben, um in diese Abgründe unserer Vergangenheit hinabschauen zu dürfen. Wie seltsam blind die Menschen sind. Sie opfern Milliarden, um das Weltall zu erforschen, eine lebensfeindliche Wüste der Leere. Die großen Offenbarungen des Lebens liegen in unserer Herkunft und nicht in unserem Ziel. Ein Seher ist nicht jemand, der die Zukunft voraussieht, sondern der die Quellen kennt, die Quellen des Stromes, auf dem wir treiben. Unser Ziel ist der Tod. Unsere Verheißung ist die Vergangenheit, denn sie umfaßt alles, was jemals gedacht und getan worden ist. Die Zukunft ist nur ein leerer Raum, der von der Gegenwart mit Vergangenheit gefüllt wird. Aber auch die Gegenwart ist ohne Bedeutung, denn sie währt nur einen winzigen Augenblick. Jede Sekunde wird durch die folgende zu Vergangenheit. Genauso verhält es sich mit dem Leben. Es ist zu kurz, um sich selbst zu erkennen. Wie aber kann man irgend etwas verstehen, wenn man sich selbst nicht zu begreifen vermag. Wir Menschen sind Eintagsfliegen. Wenn die Religion recht hat, Eintagsfliegen mit unsterblichen Seelen. Ich empfinde mit Faust, der seine Seele dem Teufel verschrieb, um Unsterblichkeit zu erlangen. Denn unser Leben ist zu kurz. Würden wir ewig leben, so wären wir allwissend wie Gott.«

»Sei vorsichtig«, lachte Lutz, »wer um Mitternacht in einem Dom vor dem Allerheiligsten seine Seele verpfändet, der schließt einen Pakt mit dem Teufel.«

»Pah, was nützt mir meine Eintagsfliegenseele. Ich würde sie freudig hergeben, wenn ich dafür Unsterblichkeit und zeitlich unbegrenzte Erfahrung erwerben könnte.«

Vom großen Turm her schlug es zwölf.

»Jetzt bist du des Teufels«, sagte Lutz.

»Hast du je einen Teufel im Dom gesehen?«

»Dome sind nicht nur Gotteshäuser. Nirgendwo sonst wimmelt es in der Architektur von so vielen Kobolden und Teufelsfratzen, von Schlangen, Gnomen und Monstern, Drachen als Wasserspeier, Höhlenbrut in den Strebebogen. Auch hierin sind Dome wahre Kernkraftwerke, in denen ja bekanntlich Segen und Fluch, schöpferische Energie und teuflische Zerstörung dicht beieinander liegen. Hörst du mir überhaupt zu?«

Ihr Kopf war zur Seite gesunken. Die Augen waren ihr zugefallen. Sie glitt hinab in die Welt des augenlosen Sehens und des hörbaren Schweigens. Sie war jetzt ganz nackt. Wie angenehm kühl der Steinboden Bauch und Brüste berührte. Nackt schwimmen in einem Bergsee, dachte sie. Welche Frische! Sie ließ sich sinken, und als sie wieder aufwachte, befand sie sich in der Krypta. Blaues Licht erfüllte den Raum, geisterhaft flackernd, Irrlichter über dem Moor, Phosphor der Fäulnis. Die Bläue umfloß sie wie wogendes Wasser. Wie angenehm wohlig das war, ein atmender Bauch. Es erregte sie, weckte wollüstige Gefühle, erfüllte sie mit Sehnsucht. Sie vernahm seine Stimme, dicht an ihrem Ohr: Du bist der kosmische Brennpunkt. Spürst du die Kraft in dem feuchten Fleisch deines Schoßes, heiß und zeugungsgeil wie die Hoden des heiligen Stieres Apis? Bewege deinen Schoß, ja, bewege ihn! Sei bereit! Öffne dich! Nimm ihn auf wie die Wüste den Tau des neuen Tages! Laß dich fallen! Gib dich hin! Welch eine Weihe der Lust. Ekstase. Empfängnis. Du trägst die Unsterblichkeit in deinem Schoß! Welche Frucht. Du bist gebenedeit unter den Weibern.

Fledermäuse umflatterten sie mit spitzen gellenden Schreien. Schlangen glitten über ihre Haut, berührten sie mit zuckenden Zungen. Sie wand sich vor Wollust, spürte, wie sie zerfloß, sich auflöste. Vergehe, um zu werden! Die Raupe ist tot. Es lebe der Schmetterling! Er hielt sie in seinen Armen wie eine Puppe. Ich gehöre dir. Nimm mich!

Sie erwachte von ihrem eigenen Schrei.

»Mein Gott, was hast du?«

Er kniete neben ihr, versuchte sie zu beruhigen: »Ist dir nicht gut?«

»Nur ein Traum.«

»Hast du öfter solche Träume? Du bist ganz naß geschwitzt.«

»Laß nur. Es geht schon wieder.«

»Ein schlimmer Traum?«

»Schön schlimm.« Sie ordnete ihr Haar, strich sich

ihr Kleid glatt. »Ist es eigentlich eine schwere Sünde, vor dem Allerheiligsten in orgiastischen Träumen zu schwelgen?«

»Unsinn«, lachte er, »die Sexualität wird von der Kirche zu Unrecht verteufelt. Betrachtet man die heutige Welt, die Massenvernichtungswaffen, das organisierte Verbrechen, Haß, Armut und Unterdrükkung, so wird man kaum eine Teufelei entdecken, die ihre Ursache in der Sexualität hat. Alle wirkliche Sünde entspringt dem herzlosen Intellekt. Und dennoch gebärdet die Kirche sich immer noch so, als hätte das Böse seinen Sitz in der Hose und nicht im Gehirn. Nicht die Liebe – und sei es die Liebe mit dem Teufel – zerstört unsere Seelen, sondern der Haß, und der entspringt nur selten unserem sexuellen Gefühl, sondern unserer intellektuellen Gefühllosigkeit. Nicht die Lust des Fleisches, die Lust an der verbotenen Frucht vom Baum der Erkenntnis ist unsere Erbsünde.«

Die Fassadenscheinwerfer waren längst erloschen. Mondlicht schimmerte durch die farbigen Fenster des Mittelschiffes. Sie sagte: »Es ist das erste Mal in meinem Leben, daß ich eine Nacht in einem Dom verbringe.«

»Es ist das erste Mal in deinem Leben, daß du eine Nacht ohne deine Seele verbringst.«

»Ohne meine Seele?«

»Du vergißt deinen Pakt mit dem Teufel, um Mitternacht vor dem Allerheiligsten.«

»Ja richtig«, lachte sie. »Du bist mein Zeuge: Ich werde ewig leben, ewig und allwissend wie Gott.«

»Für den Preis deiner Seele. Amen!«

Sie erhob sich. »Die Beine schlafen mir ein. Bewegen wir uns ein wenig.«

»Komm«, sagte er, »ich will dir etwas zeigen.«

Er stieg hinab in die Krypta. Sie folgte ihm. In der Mitte des Raumes, genau an der Stelle, an der sie gestern und im Traum gelegen hatte, kniete er nieder. Mit dem Taschenmesser löste er eine dicke Steinplatte aus dem Boden. Als er sie beiseite wuchtete, blickte sie in einen gähnenden Schacht.

»Mein Gott«, stieß sie hervor. »Was ist das?«

»Das Geheimnis aller Geheimnisse.«

Sie trat näher an den Schacht heran, um hinabzublicken. Ein Stoß. Sie taumelte, griff ins Leere, fiel, stürzte ins Bodenlose, spürte das splitternde Brechen ihrer Beinknochen, als sie unten aufschlug. Das letzte, was sie sah, war das helle quadratische Loch hoch über sich. Dann wurde die schwere Steinplatte darüber geschoben. Unvorstellbare Finsternis umfing sie. Sie schrie, bis sie die Stimme verlor. Erst dann erkannte sie die ganze schreckliche Wahrheit. Ihr selbstgewähltes Schicksal lautete: Unsterblichkeit bis in alle Ewigkeit, mit zerschmetterten Gliedern in gnadenloser Dunkelheit.

Mein Sohn

Es regnete. Ihr kleines Café war leer und fremd. Sie saßen sich gegenüber. Der Tisch trennte sie wie eine Barriere. Aber es war nicht nur der Tisch.

»Das kannst du doch nicht machen«, sagte er. Es klang wie eine Anklage. »Das kannst du doch nicht machen.«

Sie war älter als er. Der Erfolg hatte sie selbstsicher gemacht. Sie bekam, was sie wollte.

Er schaute auf ihre gepflegten Hände, erfahrene Hände, grausam, raffiniert und erbarmungslos.

»Es ist mein Kind«, sagte sie.

»Unser Kind.«

Ihre Lippen lächelten. »Was macht dich eigentlich so sicher, daß du der Vater bist?«

»Du weißt, daß es so ist.«

»Na schön, selbst wenn es so ist, du hast keine Rechte auf mein Kind.«

»Ich bin sein Vater.«

»Du hast es gezeugt, vielleicht, aber du bist nicht sein Vater. Mensch, begreif es doch endlich. Das Gesetz besagt, daß ein Mann, der mit einer verheirateten Frau ein Kind zeugt, keinerlei Rechte auf dieses Kind hat. Vater des Kindes ist der rechtmäßige Ehemann der Mutter.«

»Aber es läßt sich heute sehr genau nachweisen, wer der leibliche Vater eines Kindes ist, mit Bluttest und ...«

»Ich kenne die Tests«, unterbrach sie ihn. »Aber was soll das? Selbst wenn es dir gelingt, den Nachweis zu erbringen, daß du der Vater bist, so ändert das nichts an der gesetzlich verankerten Tatsache, daß mein Mann der Vater meines Kindes ist, mit allen Rechten und Pflichten.«

»Das werde ich nicht zulassen.«

»Du bist ein unverbesserlicher Träumer, ein großes Kind.«

»Ich werde mit deinem Mann sprechen.«

»Hermann weiß, daß das Kind nicht von ihm ist.«

»Er weiß es?«

»Ja.«

»Du lügst.«

»Nein.«

»Weiß er, daß es von mir ist?«

»Ja.«

»Und was sagt er dazu?«

»Er freut sich auf seinen Sohn.«

»Auf seinen Sohn?«

»Ja, auf seinen Sohn. Er hat sich immer einen Sohn gewünscht. Es hat nie geklappt. Wir haben alles versucht.«

»Und du? Wolltest du ein Kind von ihm? Ich denke, du wolltest die Scheidung?«

»Es ist wahr, wir haben keine Musterehe geführt. Er hatte seine Spielchen nebenbei, und ich hatte meine Affairen. Aber man wird schließlich älter. Und ich glaube, dann sind Kinder wichtig.«

»Affairen«, sagte er verächtlich. »Ich war also deine Affaire. Und ich habe geglaubt, du liebst mich. Warum hast du mich belogen? Warum hast du mir versprochen, du wolltest dich scheiden lassen, um mit mir zu leben?«

»Mach dich doch nicht lächerlich«, sagte sie. »Du benimmst dich nicht wie ein Mann, sondern wie ein kleines Mädchen, wie eine Konfirmandin, die nicht einsehen will, daß es irgendwann einmal aus ist.«

Der junge Mann betrachtete sie, so als sähe er sie zum erstenmal. War das wirklich die gleiche Frau, die er liebte, die er so sehr liebte, daß es tief in der Brust schmerzte, wenn er an sie dachte?

»Eine Konfirmandenliebelei«, sagte er. »Wir erwarten ein Baby, und du sprichst von einem Konfirmandenflirt.«

»Seltsam«, lächelte sie, »es soll ja wohl öfter vorkommen, daß ein Mädchen ein Baby erwartet und ihr Geliebter die Vaterschaft verleugnet, aber ich habe noch niemals von einem Liebhaber gehört, der darum kämpft, der Vater eines Babys zu sein, das schon einen Vater hat.«

»Hermann der Vater meines Sohnes. Daß ich nicht lache! Dieses Gesetz möchte ich erst einmal sehen.«

Plötzlich stieg ein fürchterlicher Verdacht in ihm auf. »Sag mal, als wir uns geliebt haben, als du mich belogen hast, als du mich glauben machtest, du gehörtest nur mir, all deine geheuchelte Liebe und Leidenschaft, hast du das alles nur gespielt, um ein Kind von mir zu bekommen? Habt ihr mich als Deckhengst benutzt?«

»Du spinnst«, sagte sie. »Wir haben beide unseren Spaß gehabt. Es war schön. Warum mußt du jetzt alles zerstören?«

»Hör auf«, unterbrach er sie. »Wenn ich mir vorstelle, daß ein fetter, impotenter Spießer wie dein Alter meinen Sohn aufzieht, ihn prägt und formt …«

»Er wird einmal die Praxis übernehmen. Und wenn er Hermanns geschickte Hände hat, wird er sicher einmal ein großer Chirurg werden.«

»Vielleicht möchte er aber gar kein Chirurg werden. Vielleicht möchte er viel lieber ein Pianist werden.«

»Dann wird er eben ein Pianist.«

Sie sah auf die Armbanduhr und griff nach ihrer Handtasche. »Ich muß gehen. Ich habe noch eine Verabredung mit meiner Kosmetikerin.«

Sie gab ihm die Hand. Er sah ihr nach, wie sie sich auf hohen Absätzen durch das Restaurant schaukelte. Sie hatte ihm alles genommen. Diese erfolgreichen Schweine nahmen sich immer, was sie wollten, gleichgültig, ob es ihnen gehörte oder nicht.

»Wenn er Hermanns geschickte Hände hat, wird er sicher ein großer Chirurg werden oder ein berühmter Pianist.« Diese Macher! Mein Gott, wie müssen die über dich lachen! Aber das Lachen wird ihnen vergehen. Sie trägt seit fünf Minuten eine tickende Zeitbombe in ihrem Bauch.

Er blickte auf die ausgetrunkene Teetasse.

Ein Glück, daß Contergan geschmacklos ist.

So geschmacklos wie diese Geschichte.

Drohnen müssen sterben

Wenn du mich hier sehen könntest, Großvater. Aber vielleicht siehst du mich ja. Mädel, sei auf Draht! hast du immer gesagt. Ich habe dich beim Wort genommen. Was machte ich nur ohne den Draht. Ohne ihn wäre ich so verloren wie eine Spinne ohne ihr Netz. Der Vergleich ist nicht schlecht. Eine Spinne tötet ihre Opfer nicht. Sie spannt ihr Netz. Den Rest erledigt das Opfer in eigener freier Entscheidung. Warum geht es ins Netz? Es könnte ja auch woanders hinfliegen. So betrachtet sind Spinnen keine Killer. Beihilfe zur Selbsttötung nennt man das wohl unter Juristen.

Ich hocke hier auf dem Dach der Garage und spanne mein Netz. Es ist nur ein Draht, ein einziger blanker Draht. Der Abend ist sternklar, aber mondlos. Der Wind bewegt die Äste der Tannen. Die richtige Stimmung, um über Gott und die Welt nachzudenken. Warum mache ich das eigentlich? Warum spanne ich diesen Draht? Warum zirpt die Grille? Warum duftet das Heu? Es ist ihre Natur. Sie können nicht anders. Und so ergeht es auch mir. Ich kann nicht anders.

Nächsten Monat werde ich dreißig. Eine Frau in der Blüte ihrer Jahre, zum zweitenmal verheiratet, Mutter einer Vierjährigen und seit einer Woche schwanger. Das ist auch der Grund, warum ich hier oben hocke. Ich genieße diesen quellenden Ausnahmezustand meines Fleisches, ohne dabei in Freudentränen auszubrechen. Von einer Frau wird erwartet, daß sie Kinder zur Welt bringt. So will es die Natur. Und was natürlich ist, ist gut, in höherem Sinne richtig. Alles Widernatürliche ist Unzucht und Sünde, so lehrt es die Moral. Aber nicht nur die Begattung, auch die Gattentötung ist ein natürlicher Akt der Schöpfung. Das wird häufig übersehen. Spinnenweibchen und tropische Raubfische pflegen ihre Männchen nach Vollzug der Gattenpflicht zu fressen. Stabheuschrecken und andere Insekten tun das auch. Die Bienen stechen ihre Drohnen ab, bevor sie sie aus dem Stock werfen. Die frisch gedeckte Geiß belohnt den Bock mit Fußtritten, die Häsin den Rammler mit Ohrfeigen. Zu mehr reichen ihre Kräfte nicht, sonst – darin bin ich mir ganz sicher – würden sie sie töten, denn die Natur duldet keine überflüssigen Fresser. Und nichts ist so überflüssig wie ein Männchen nach Vollzug der Zeugung, ein abgebranntes Streichholz, mehr nicht. Klassisches Beispiel der Natur ist das Lachsmännchen, das nach der Besamung freiwillig und ohne Fremdeinwirkung aus dem Leben scheidet. Leider ist der menschlichen Drohne dieses subtile Feingefühl abhanden gekommen.

Ich habe nichts gegen Männer, im Gegenteil, ich brauche sie wie die Luft zum Atmen. Ich überlasse ihnen unangefochten ihren Führungsanspruch. Männer müssen stark sein, potent wie die Stiere und belastbar wie Packesel. Eine Frau, die für die Gleichberechtigung kämpft, benimmt sich wie ein Eselstreiber, der die Last mit seinem Tragtier teilen will. Wer will das schon?

Die meisten Menschen wollen ständig etwas werden. Selbst die Reichen wollen noch reicher werden und die Alten noch älter. Ich möchte bleiben, was ich bin: eine Frau, Genußmittel, Spielzeug und Trophäe, will verführt werden und nicht führen, bin lieber Pferd als Reiter. Ein Pferd ohne Reiter bleibt immer ein Pferd, aber ein Reiter ohne Pferd ist nur ein ganz gewöhnlicher Fußgänger. Ich genieße es, wenn man mich Baby oder Kleine nennt. Gibt es privilegiertere Geschöpfe als Kinder? Ein Erwachsener, der ein Kleinkind schlägt, ist ein Sadist. Buben, die ihre Eltern quälen, sind kleine Racker, immer zu Streichen aufgelegt. Nein, laßt den Männern ihren Leithirschanspruch und laßt mir meinen Drohnentötungstrieb. Beide Verhaltensweisen sind naturgewollt.

Wie war das doch beim erstenmal?

Da war die Tanzschule. Erste schüchterne Versuche im Auto. Dann kam Heiko, ein toller Typ, ein Draufgänger. Die Mädchen liefen ihm scharenweise nach. Er war der erste, der von der Eisenbahnbrücke sprang, mit dem Kopf voran. Einen Meter über der Erde fingen zwei Seile an den Fußgelenken ihn auf. Nur Bumsen ist schöner! Wer will mal? Keiner traute sich. Feiglinge.

Immer wieder habe ich ihm zugeschaut. Hast du keine Angst, daß die Seile reißen oder die Knoten nicht halten? Kontrolle ist alles.

Heiko war älter als wir alle. Ich liebte ihn abgöttisch. Er zeigte mir, wie man es richtig macht auf dem Rücksitz in seinem alten Ford. Du brauchst keine Angst zu haben. Ich passe auf. Im darauffolgenden Monat blieben meine Tage aus. Ich war gerade sechzehn geworden. Heiko hatte bereits eine Neue. Ich haßte ihn.

Ich traf ihn auf der Brücke. Die Sprungseile waren bereits festgemacht. Ich bin gleich zurück. Paß mal einen Augenblick auf meine Sachen auf. Eine innere Stimme sagte mir: Mach die Seile locker. Er hätte es sofort bemerkt. Er prüfte vor jedem Sprung Seile und Knoten.

Doch dann hatte ich eine Idee. Alles ging sehr

schnell. Als er schon auf dem Geländer stand, sagte ich ihm, daß er im Begriff war, Vater zu werden. Er meinte: Ich kenne da jemand, der wird es dir wegmachen. Dann sprang er, ohne zu ahnen, daß die sorgfältig festgeknoteten Seile länger waren als sonst, nur ein kleines Stück, aber es reichte, um ihm das Genick zu brechen.

Sechs Wochen später hatte ich einen Abgang.

Bei Isabel wußte ich vom ersten Tag an, daß ich schwanger war. Nicht, daß es mir schlecht gegangen wäre, aber da war diese unüberwindbare Abneigung. Allein der Gedanke an Klaus verursachte mir eine Gänsehaut. Mit ihm in einem Zimmer war schlimm genug. Das gemeinsame Bett war die Hölle. Ich weiß jetzt, wie den Spinnenweibchen zumute ist, bevor sie ihre Gatten fressen. Klaus mußte weg. Aber wie? Abstechen wie eine Drohne konnte ich ihn nicht. Da war nicht nur die Tat, die vollbracht werden mußte, da waren auch noch die widernatürlichen Gesetze der Gesellschaft, mit denen ich nicht in Konflikt geraten durfte. Schließlich war ich schwanger und sah wichtigen zukünftigen Aufgaben entgegen. Eine längere Haftstrafe konnte ich mir nicht leisten. Ich mußte äußerst überlegt handeln. Die moderne Verbrechensbekämpfung verfügt über schier unbegrenzte Möglichkeiten. Kein Gift, das sich nicht nachweisen ließe. Ein Tropfen Blut oder eine Haarspitze genügen, um einen Mörder zu überführen. Selbst aus der Asche einer Leiche ziehen sie noch Rückschlüsse auf die Tatzeit und die Todesart. Mädel, sei auf Draht! Die Warnung ging mir nie aus dem Sinn.

Wie die meisten Männer war er ein Maschinennarr. Bei schönem Wetter fuhr er mit dem Motorrad ins Büro. Fuhr? Er flog. Mein Gott, was habe ich um ihn gebangt! Wie oft bin ich schweißgebadet aus dem Schlaf geschreckt, weil mir träumte, er habe sich totgefahren. Warum sollte sich mein Traum nicht erfüllen? So fragte ich mich jetzt. Warum eigentlich nicht? Sollte er sich totfahren, aus dem Leben scheiden wie die Lachsmännchen nach Erfüllung ihrer Vaterpflicht. Ich ging die Sachc logisch an.

Drei Faktoren bestimmen einen Unfall: der Fahrer, das Fahrzeug und die Straße. Klaus konnte ich nicht manipulieren. Hätte ich an der Maschine etwas verändert, er hätte es sofort bemerkt. Blieb noch die Straße. Ich schaute mir seinen Weg zur Arbeit an und kam zu dem Schluß: Die Pappelallee, an der unser Einfamilienhaus liegt, ist der ideale Richtplatz, kilometerlang, kaum befahren.

Es war an einem Montag im November mit Morgensonne und früher Dunkelheit. Klaus war mit dem Motorrad zur Arbeit gefahren. In achtzehn Minuten, wie er mir am Telefon sagte. Er fuhr immer mit der Zeit um die Wette. Um sechs hatte er Feierabend. Achtzehn Minuten später würde er zurück sein, mich umarmen und küssen. Er würde seine haarigen Arme um meinen schwangeren Leib legen. Welch unerträgliche Vorstellung!

Kurz nach sechs stand ich an der Pappelallee. Die Fenster unseres Hauses leuchteten in der Ferne wie die Schlußlichter eines Autos. Über der Fahrbahn lag ein unscheinbarer Draht, den ich auf der anderen Seite der Straße in Brusthöhe an einer Pappel festgemacht hatte. Ein Lieferwagen fuhr vorüber, und dann hörte ich das knatternde Geräusch der Honda. Es war unverkennbar. Ich nahm das andere Ende des Drahtes, zog es stramm und schlang es um den Baum, hinter dem ich mich versteckte. Dann ging alles ganz rasch, wie in einem Film, den sie zu schnell gedreht haben.

Der Draht traf ihn knapp unterhalb des Halses und fetzte ihn von der Maschine wie einen Pfeil von gespannter Sehne. In hohem Bogen flog er durch die Luft, während die Honda weiterraste und an einem Baum zerschellte. Ich wickelte den Draht wieder ein und ging, ohne mich noch einmal umzusehen.

Sie haben mich noch am gleichen Abend benachrichtigt, zwei Polizisten. Sie sagten: Er war sofort tot.

Jetzt war ich frei für mein Kind. Ich genoß das Mysterium der Mutterschaft, diese unbeschreibliche Intimität zwischen mir und dem werdenden Leben. Da war niemand außer uns. Dann die Geburt, die selige Zeit des Stillens. Als sie abgeschlossen war, spürte ich, wie das Interesse am anderen Geschlecht wieder langsam und unaufhaltsam erwachte.

Und dann traf ich Manfred. Wir sind noch am selben Abend miteinander ins Bett gegangen. Trotzdem, wenn mir einer gesagt hätte, daß wir einmal ein Ehepaar würden, ich hätte ihn ausgelacht ... Er war so ganz und gar nicht mein Typ. Das genaue Gegenteil von Klaus. Immer glatt rasiert, randlose Brille, maßgeschneiderte Oberhemden, stilvoll, ein richtiger Architekt. Ich verfiel ihm wie einer Droge. Als ich wieder klar denken konnte, begann ich ihn zu analysieren. Das Resultat war gar nicht so schlecht. Er war ein guter Liebhaber, hatte einen lukrativen Beruf, eine verrückte Mischung aus planerischer Ordnung und künstlerischem Chaos. So weigerte er sich grundsätzlich, ein Klo zu benutzen, wenn er pinkeln mußte. Zwanzig Liter Spülwasser für einen halben Liter Pippi. Welch eine Verschwendung! Er hatte wie ein Hund seine festen Bäume. Es machte ihm spitzbübische Freude, vom Schlafzimmerbalkon hinunter in den Garten zu pieseln. Guck mal, welch ein Strahl!

Ein verrücktes Mannsbild! Wir verbrachten zwei schöne Jahre miteinander. Dann geschah es: Ich wurde schwanger.

Die Natur forderte ihr Recht, so sehr ich mich auch dagegen wehrte, die alte Drohnenwut erwachte. Nein, es war keine Wut. Ist der Sturm wütend, wenn er sich erhebt? Es war eine Urgewalt, stärker als ich, stark wie der Tod, wie die Liebe. Man kann einen Menschen auch aus Liebe zerfleischen. Ich habe dich zum Fressen gern, sagt man das nicht? Ist nicht jeder Kuß, jeder Orgasmus eine Form von Verschlingen, von Verschlungenwerden? Welch kannibalische Gier beherrscht die Schöße der Weiber, wenn sie dem Mann den Lebenssaft aus den Lenden saugen! Museau de tanche, Schleienmaul, nennen die Franzosen den Gebärmuttermund, weil er beim Beischlaf so gierig saugt und schluckt wie ein Fisch am Ende der Angel.

Ich unternahm sogar den Versuch, mit ihm darüber zu sprechen: Laß uns für ein Jahr auseinandergehen. Er fragte erschrocken: Liebst du einen anderen? Nein, natürlich nicht.

Du mußt dich schonen, Liebling ... die Nerven. Laß dir was von unserem Hausarzt verschreiben. Wie kann ich dich allein lassen, jetzt, wo du mich am meisten brauchst? Ich möchte auch bei der Geburt dabeisein.

Da wußte ich, es gibt keine andere Lösung.

Jetzt sitze ich auf dem Garagendach. Der Draht ist gespannt, nicht über die Straße wie beim letztenmal, sondern quer durch die Luft wie eine Hochspannungsleitung, zwei Meter unterhalb des Schlafzimmerbalkons. 220 Volt. Wasser ist ein hervorragender elektrischer Leiter. Nirgendwo sonst ist der Mensch so verwundbar wie im Unterleib. Wenn sein Urinstrahl den Draht trifft ... Ich mag nicht daran denken. Aber man sagt, der Tod auf dem elektrischen Stuhl sei der schnellste. Danach werde ich den Draht wieder aufrollen. Einen Fehler kann ich mir nicht leisten.

Spinn dein Netz sorgfältig! Auf dem Totenschein wird stehen: Tod durch Herzstillstand. Wer guckt da schon auf den Schwanz? Er hat seine Schuldigkeit getan. Drohnen müssen sterben. Unsterblich ist allein die Art! Ich freue mich auf diese unbeschreibliche Intimität zwischen mir und dem werdenden Leben. Da wird niemand sein außer uns.

Dreizehn

Meine Mutter sagt: »Die Dreizehn ist eine Unglückszahl.« Sie hat recht. Ich weiß es, denn ich bin dreizehn. Dreizehn Jahre alt, das ist ein Unglück.

Wenn ich mich wie ein Kind benehme, heißt es: »Sei doch nicht so kindisch!« Benehme ich mich wie ein Erwachsener, so sagen sie: »Red nicht so altklug daher!« Mit dreizehn bist du weder klein noch groß, weder Kaulquappe noch Frosch. Du bist ein armes Schwein. Mit dreizehn hast du noch keinen Bart. Aber dein Gesicht ist auch nicht glatt. Es steckt voller Pickel. Du hast eine weiche Mädchenstimme. Dabei bist du an anderer Stelle bisweilen schon recht hart.

Oma hat mir hundert Mark geschenkt. Sie sagte: »Mach damit, was dir am meisten Spaß macht.« Ich habe sie beim Wort genommen. Ich war in einem Eros-Center. Es hat mir viel Spaß gemacht. Das Geld war gut angelegt. Mama meint immer: »Sieh zu, daß du etwas lernst.« Ich habe in dem Sex-Club Sachen gelernt, ich sage euch, Sachen, die mein Leben mehr verändert haben als alle Lehrer der Realschule zusammen. Wenn das Papa wüßte! Er hat mir verboten, in diese Straße zu gehen, weil es dort Dinge gibt, die ich mit dreizehn besser nicht sehen sollte.

Er hatte recht: Ich habe ihn gesehen.

Schachmatt

Ich wußte, daß ich gegen das Schachmonster Tschaljapin nur eine Chance hatte, wenn es mir gelang, seine Konzentration zu erschüttern. Ich traf ihn zum erstenmal drei Wochen vor unserem Kampf auf dem Presseempfang, der unseretwegen vom Veranstalter, einem Schweizer Bankenkonsortium, einberufen worden war. Ich kam in Begleitung einer jungen Frau, die ich nur wenige Tage zuvor in der amerikanischen Botschaft kennengelernt hatte. Sie war aus Ungarn geflüchtet und bemühte sich um ein amerikanisches Visum. Ich bot ihr meine Hilfe an. Bei Gott, sie war den Einsatz wert. Blutjung mit Wolfsaugen, hungrig und bodenlos wie Brunnen. Sie war noch Kind und doch schon ganz Weib, Heilige und Hexe, die geborene Verführerin, die Zierde jeder Gesellschaft. Sie war sich ihrer Wirkung bewußt und genoß es, an meiner Seite im Mittelpunkt zu stehen. Ich schmückte mich mit ihr, so wie sich bedeutende Häuser mit prächtigen Fassaden schmücken.

Tschaljapin erschien, abgeschirmt von drei Leibwächtern und seinem serbischen Sekundanten Saveti.

Augenzeugen berichten, daß alle Gespräche verstummten, wenn Rasputin einen Saal betrat. Er verfügte über die Gabe, alle Aufmerksamkeit auf seine Person zu lenken. Solch ein Mensch war Tschaljapin. Charismatische Kraft ging von ihm aus, Faszination und Gefahr. Er war nicht mehr der Jüngste, besaß aber die ungebrochene Vitalität eines Kosaken. Köpfe wie den seinen findet man auf der Verpackung von Knoblauchkapseln, die Jugend und Vitalität bis ins hohe Alter verheißen. Von Gestalt stämmig, volles Haupthaar, ein buschiger Schnurrbart, ein wahrer Nachfahre Stalins und wie er Georgier von Geburt. Die niedrige Stirn signalisierte bäuerliche Beschränktheit, die viel zu großen Hände bärenhafte Plumpheit. Wehe, wer sich von dieser Tarnung täuschen ließ, er war verloren. Äußerlich unbeteiligt wirkend, schlug er blitzschnell zu, wo er eine Blöße entdeckte.

An jenem ersten Abend tauschten wir ein paar Höflichkeiten aus. Er sprach ein schauderhaftes Englisch.

Wir wurden gemeinsam gefilmt und immer wieder fotografiert. Irritiert nahm ich zur Kenntnis, daß mein Interesse an ihm größer zu sein schien als seines an mir. Er trank schwarzen Tee, eine Tasse nach der anderen, rauchte langstielige russische Papyrossi, gähnte gelangweilt und schaute immer öfter auf seine Armbanduhr. »Das Monster ist müde«, sagte ich zu Katja.

»Er langweilt sich. Er vermag den Gesprächen nicht zu folgen. Die Einsamkeit der Taubstummen umgibt ihn.« Tschaljapin schien mitbekommen zu haben, daß Katja über ihn gesprochen hatte. Er betrachtete sie und sagte zu seinen Begleitern etwas auf russisch, das wie ein Kompliment klang. Die Männer lachten. Katja wurde rot. Sie antwortete auf russisch. Und nun erblaßte Tschaljapin. Er zerdrückte seine gerade erst angezündete Zigarette im Aschenbecher, wischte sich mit dem Taschentuch die Stirn, drängte zum Aufbruch und verließ uns kurz darauf ohne Gruß.

»Sie sprechen Russisch?« verwunderten sich die Journalisten, mit denen wir beieinanderstanden.

»Ich bin im Ostblock zur Schule gegangen.«

Ich nahm sie beiseite. »Mensch Katja, was war los? Was hast du mit ihm angestellt?«

Sie lachte: »Ein schlimmer Vogel, dieser Tschaljapin. Er hat mich angeschaut und gesagt: ›Welch ein Weib. Wie gemacht zum Ficken.‹«

»Und was hast du geantwortet?«

»›Vorsicht, Feind hört mit!‹ Eine Propagandaparole aus der Zeit des kalten Krieges. Es war ihm fürchterlich peinlich. Hast du gesehen, wie er geschwitzt hat?«

»Ich habe es mit Vergnügen vermerkt. Mensch Mädchen, du hast seine Schwachstelle entdeckt. Wenn wir ihn dort voll treffen, machen wir ihn fertig.«

»Ich verstehe dich nicht. Wie meinst du das?«

Ich erklärte es ihr auf der Heimfahrt:

»Spasskij hat gesagt: ›Schach ist kalter Krieg.‹

Ich weiß es besser: Schach ist eine heiße Schlacht, ausgetragen mit der perfektesten Waffe, über die der Mensch verfügt, dem Gehirn. Gilt auf dem Schlachtfeld: Angriff ist die beste Verteidigung!, so heißt es auf dem Schachbrett: Verteidigung ist der beste Angriff!

Schutzschild und Abwehrrakete ist die Konzentration. Wer sie zerstört, gewinnt, immer. Beispiele dafür gibt es genug.

Nimzowitsch, wohl wissend, wie wichtig seinem großen Gegner Lasker die Nikotinstimulanz war, gewöhnte sich das Rauchen ab und bestand beim nächsten Duell auf striktem Rauchverbot. Lasker zog während des Spieles eine seiner dicken Zigarren hervor, steckte sie sich genüßlich schmatzend ins Gesicht. Nimzowitsch belehrte ihn: ›Sie dürfen hier nicht rauchen.‹

›Ich weiß.‹

›Dann stecken Sie Ihre Zigarre weg!‹

›Warum?‹

Nimzowitsch sprang erregt auf, verlangte vom

Schiedsrichter einzugreifen. Der beschwichtigte ihn: ›Er raucht ja nicht.‹

Nimzowitsch schrie: ›Schlimmer, viel schlimmer. Er verhöhnt uns. Er droht zu rauchen.‹

Großmeister Gelvanden, ein Spezialist der psychologischen Kriegsführung, ließ sich jedesmal eine andere Gemeinheit einfallen. Keiner konnte so heimtükkisch mit dem Stuhl schaukeln, so penetrant husten oder mit den Fingern auf dem Tisch trommeln. Bei einem Kampf gegen den Exweltmeister Bobby Fletcher legte er die erbeuteten Schachfiguren nicht neben sein Brett, wie es sich gehörte, sondern ließ sie unter dem Tisch verschwinden, streichelte sie auf seinem Schoß wie eine Katze. Er hatte nämlich in Erfahrung gebracht, daß Bobby Fletcher Katzen haßte. Dieser rächte sich mit genialer Schlagfertigkeit. Er fragte den Schiedsrichter so laut, daß es auch der letzte Zuschauer verstand: ›Ist es eigentlich erlaubt, während der Partie zu onanieren?‹ Der Saal dröhnte vom Gelächter. Gelvanden nahm die Finger vom Schoß, wurde rot bis hinter die Ohren, verlor seine Konzentration und das Spiel.«

Katja sagte lachend: »Ich dachte immer, Schach sei ein königliches Spiel.«

»Nirgendwo wird so hinterhältig intrigiert wie im Schatten der Throne. Und es geht hier um einen Thron, um die Krone der Schachmeisterschaft. Ein Kritiker schrieb über Tschaljapin: Das Reaktionsvermögen eines Jagdfalken im gepanzerten Leib eines alten Krokodils. Was immer sich hinter der niedrigen Stirn dieses russischen Krokodils verbirgt, eins steht zweifelsfrei fest, es verfügt über ein gewaltiges Großhirn. Nun ist der Mensch aber nicht nur das Geschöpf mit dem proportional größten Gehirn, sondern auch mit dem proportional größten Penis. Ersteres macht uns bekanntlich zu Halbgöttern, letzteres mehr zu Halbaffen. Und das ist der Punkt, an dem wir Tschaljapin aufhängen werden.«

»Vorsicht«, lachte Katja, »das tut weh.«

»Es stimmt also, was über ihn erzählt wird.«

»Was wird denn über ihn erzählt?«

»Er ist ein geiler alter Bock, heiß wie ein Ofen, schläft mit Nutten und schmökert in Pornoheften.«

»Stört dich das?«

»Nein, ganz im Gegenteil, es freut mich. Wir haben eine offene Stelle in seinem Panzer entdeckt.«

»Was hast du vor?«

»Ein so erfolgverwöhnter Mann wie Tschaljapin kann sich auf Dauer nicht mit bezahlter Zärtlichkeit zufriedengeben. Er will um seiner selbst willen geliebt werden. Wenn er der richtigen Frau begegnet, so wird er sich wie alle Einsamen an sie klammern wie ein Ertrinkender.«

»Ist er denn so einsam?«

»Es gibt nichts Einsameres als einen Schachweltmeister. Den größten Teil seines Lebens verbringt er vor dem Schachbrett.«

»Aber er spielt doch auf allen großen Turnieren in aller Welt, logiert in den teuersten Hotels.«

»Es gibt nichts Trostloseres als Hotelzimmer. Was macht man in einer fremden Stadt, wenn man nur russisch spricht? Du hast es ja erlebt, wie isoliert er ist, wie ein Taubstummer.«

»... und heiß wie ein Ofen.«

»Sein Angebot an dich kam von Herzen. Er will dich. Du bist genau der richtige Köder.«

»Köder? Sag mal, spinnst du? Für was hältst du mich?«

Ihre Empörung gefiel mir. Ich nahm sie in die Arme. »Du bist ein tolles Mädchen, das schönste, das mir seit langem begegnet ist. Ich mag dich, mag dich sehr. Aber machen wir uns nichts vor. Du schläfst mit mir, weil du einen Paß brauchst. Daran ist nichts verkehrt. Die meisten Frauen, selbst die verheirateten, tun es materieller Vorteile wegen. Wenn es dann auch noch Spaß macht, um so besser.«

Sie wollte protestieren, aber ich ließ sie nicht zu Wort kommen. »Es geht in diesem Spiel um eine halbe Million Schweizer Franken. Wenn ich gewinne, beteilige ich dich mit vier Prozent. Zwanzigtausend Franken und ein Paß. Ist das ein Angebot?«

Ihre Augen begannen zu glänzen. »Was soll ich tun?«

»Mach ihn abhängig von dir wie von einer Droge. Wie du das anstellst, ist deine Sache. Kurz vor dem Kampf lassen wir ihn fallen. Auf der Liste der Entzugserscheinungen steht die Konzentrationsschwäche ganz oben.«

Obwohl Tschaljapin von seinem Wachtrupp abgeschirmt wurde wie ein Ölscheich, gelang es Katja schon am nächsten Tag, Blickkontakt mit ihm aufzunehmen. Sie berichtete:

Er hatte die Hotelhalle bereits zur Hälfte durchquert, als sich ihre Blicke trafen. Er zuckte zusammen wie unter einem unsichtbaren Peitschenhieb. Sie lächelte ihn an und ließ ihn stehen. Er lief ihr nach wie ein Junge. Auf der Straße sprach er sie an. Es fiel ihm nicht leicht. Ein großer Junge, unbeholfen, aber nicht unsympathisch.

Zwei Tage später sagte sie: »Er ist ein Meister im Angriff.« Mehr vermochte ich nicht aus ihr herauszuholen.

»Wie ist er im Bett? Ist er besser als ich? Wie habt ihr es gemacht?« Sie überhörte meine Fragen, und als ich nicht lockerließ, sagte sie: »Du erwartest doch nicht allen Ernstes, daß ich dir erzähle, wie mich ein anderer fickt.«

Sie berichtete, daß Tschaljapin täglich mit Saveti die alten Partien durchspielte, daß er körperliches Fitneßtraining betrieb, zweimal täglich massiert wurde und Unmengen von Austern in sich hineinstopfte.

»Er ist äußerst liebesbedürftig. Stell dir vor, er küßt mir die Füße. Wenn ich mich anziehe, um zu gehen, fleht er mich an zu bleiben. Er überhäuft mich mit Komplimenten, Blumen und Geschenken. Schau dir diese Brosche an. Ein Erbstück seiner Mutter. Weißt du, wie er mich nennt? Nadeschda, meine Nadeschda. Er sagt es so, daß ich mir wie ein Schwein vorkomme.«

»Na na«, lachte ich, »du wirst dich doch nicht in das alte Krokodil verlieben.«

Nie verrinnt die Zeit so langsam wie vor einem großen Kampf. Meine Tage verbrachte ich wie Tschaljapin. Auch ich trainierte mit meinen Sekundanten stundenlang an mehreren Brettern gleichzeitig, arbeitete zwischendurch mit Hanteln und am Laufband, wurde massiert wie er, gepflegt und umhegt. Und doch war da ein großer Unterschied, ein gewaltiger Unterschied zwischen seiner und meiner Betreuung: Er hatte Katja, jede Nacht. Ich sah sie nur bisweilen, müde mit Ringen unter den Augen. »Du glaubst ja gar nicht, wie anstrengend er ist.« Mehr verriet sie nicht.

Nachts lag ich wach und quälte mich mit der Vorstellung, wie das alte Krokodil mein Mädchen vernaschte. Ob er besser war als ich? Gewiß, er war älter, aber er war ein Urvieh, eine Art Rasputin. Wurde nicht von Rasputin berichtet, daß er von so unerschöpflicher Potenz war, daß er die Weiber bis an den Rand des Wahnsinns trieb?

Wenn ich Katja Fragen stellte, lachte sie: »Bist du etwa eifersüchtig?« Sie war auffallend sinnlicher als sonst. Sie vermißt mich, sagte ich mir. Er kann also nicht besonders gut sein. Vielleicht stimuliert er sie aber auch. Vielleicht denkt sie an ihn, wenn sie bei mir liegt?

So rückte der Tag des Turnieres immer näher. Sechs Tage trennten uns noch von der Stunde Null. Am Abend sagte ich zu Katja: »Nichts ist dem Hunger so abträglich wie häufiges reichliches Essen. Nichts zerstört alle Sehnsucht gründlicher als ungehemmte Erfüllung. Aus diesem Grund werden wir nach achttägiger Orgie unserem Rasputin ein paar Fastentage verordnen. Du wirst ihm mitteilen, daß du überraschend verreisen mußt, Tod der Erbtante oder so was. Dir wird schon das Passende einfallen. Zwei Tage vor dem Spiel werden wir das halbverhungerte Krokodil wieder mit Frischfleisch füttern, und wenn es sich auf dem Gipfel der Glückseligkeit wähnt, gibst du ihm den Laufpaß.«

»Er wird mich ermorden.«

»Keine Angst. Das werde ich zu verhindern wissen. Wichtig ist, daß du ihn während deiner Abwesenheit in unregelmäßigen Abständen anrufst, um seine Sehnsucht zu schüren.«

»Du bist ein Teufel«, sagte sie. Es sollte schelmisch klingen. Sie versank in nachdenkliches Schweigen und sagte: »Wir gehen zu weit. Das kannst du nicht machen. Ich spiele nicht mehr mit.«

»Mensch, Katja, bist du von allen guten Geistern verlassen? Der Fisch zappelt an der Angel und du willst aufgeben? Denk an das viele Geld.«

»Geld ist nicht alles.«

Es ging um alles oder nichts. Ich holte mein Scheckbuch hervor: »Ich verdopple mein Angebot.« Sie schüttelte energisch ihren schönen Kopf. Ich unterschrieb und hielt ihr den Scheck hin. Tränen glitzerten in ihren Augen. Habgier und Hochherzigkeit kämpften miteinander. »Na, nimm schon!«

Sie wischte sich mit meinem Taschentuch die Tränen von den Wangen, versuchte zu lächeln: »Du bist ein Teufel.« Sie griff nach dem Scheck. »Bringen wir es zu Ende.«

Katja fuhr also zur Beerdigung und telefonierte täglich mit ihrem Geliebten. Da diese Telefonate von meinem Apparat aus geführt wurden, war ich Zeuge ihrer Liebesschwüre. Wenn ich auch kein Wort verstand, seine sehnsuchtsvollen Seufzer sprachen für sich. Allein die Art, wie er Nadeschda sagte, war das reinste Petting.

Und sie erst! Wie sie den Hörer mit Zärtlichkeiten behauchte. Es war zum Verrücktwerden.

»So hast du noch nie mit mir gesprochen.«

»Du sprichst ja auch kein Russisch.«

In dieser Nacht liebte ich sie, wie ich schon lange keine Frau mehr geliebt habe. Sie weckte Gefühle in mir, Kräfte, von denen ich glaubte, daß sie längst der Vergangenheit angehörten. Ich fühlte mich unglaublich jung und überlegen. Tagsüber hatte ich Schwierigkeiten, mich auf das Training zu konzentrieren.

So kam der große Tag heran.

Katja und Tschaljapin waren sich wieder in die Arme gesunken. Trotz des strikten Alkoholverbotes, das ihm Saveti auferlegt hatte, war der Alte so selig, daß er zwei Flaschen Champagner beim Etagenkellner bestellt und auf dem Tisch Krakoviak tanzte, so berichtete es Katja. Der Knutschfleck an ihrem Hals war nicht zu übersehen.

Am Abend des nächsten Tages – es war der Abend

vor dem Kampf – erhielt Tschaljapin Katjas Abschiedsbrief. Ich hatte ihn entworfen. Sie teilte ihm mit, daß sie einen anderen liebte. Der Schwindel mit der Beerdigung täte ihr leid. Der Brief endete mit dem Satz: Schade, daß du nicht dreißig Jahre jünger bist.

Der Turnierbeginn war festgesetzt auf sechzehn Uhr. Um fünf vor vier war Tschaljapin noch nicht im Haus. »Er ist für gewöhnlich sehr pünktlich«, sagte der Schiedsrichter. »Hoffentlich ist ihm nichts zugestoßen.« Ich wußte, was ihm fehlte.

Punkt vier betrat er die Bühne, blaß, aber beherrscht, wie mir schien. Er lächelte ins Publikum, spreizte für die Reporter die Finger zum V als Zeichen für Victory, setzte sich ans Brett und sagte, ohne mich anzusehen: »Machen wir es kurz.«

Nach achtundzwanzig Minuten hatte ich die erste Partie verloren. Da war nicht die Spur von Konzentrationsschwäche. Dafür schwenkten meine Gedanken immer häufiger vom Brett ab. War das Krokodil wirklich unverwundbar? Das Turnier wurde in zwölf Partien ausgetragen. Die Uhr zeigte fünf Minuten vor sechs, da hatte ich das zweite Spiel verloren. Ein sadistisches Lächeln lauerte in seinen Mundwinkeln, als er fragte:

»Sie brauchen Erholung?«

»Zehn Minuten«, bat ich.

»Gut, sehrr gut.«

»Fünfzehn Minuten Pause«, verkündete der Schiedsrichter. Die dritte Partie gewann ich nach einer Rochade.

Ich hatte mich gefangen und war wieder voll bei der Sache. Am nächsten Tag – es regnete in Strömen – fühlte ich mich elend und müde. Die halbe Nacht hatte ich wach gelegen. Von Katja keine Spur. Hatte sie am Ende nicht ihn, sondern mich verlassen? Wer weiß, was in dem Abschiedsbrief gestanden hatte? Er war ihr zwar von mir diktiert worden, aber sie hatte ihn ins Russische übersetzt. Aber warum sollte sie das tun? Aus kopfloser Liebe? Nein, sie wußte, was sie wollte: Geld und einen Paß, einen neuen Anfang im Westen. Was nutzte ihr da ein alter Russe? Sie war doch kein Kind. Mein Gott, wie alt war sie eigentlich? Ich wußte so wenig von ihr. Mitten in der Nacht suchte ich die Fotokopien ihrer Papiere hervor, mit denen ich in meiner Botschaft für sie gebürgt hatte. Ich subtrahierte ihren Geburtstag vom heutigen Datum und stellte erschrocken fest, daß sie nach dem geltenden Gesetz noch minderjährig war. Fünfzehn Jahre und acht Monate. Ein Kind mit einem Traumbusen, eine Kindfrau mit der Raffinesse eines Callgirls. Ich geriet ins Schwärmen und war restlos um meinen Schlaf gebracht.

Bei meiner Ankunft im Hotel, in dem das Turnier ausgetragen wurde, erhielt ich einen Brief. Saveti gab ihn mir.

Ich öffnete ihn und las:

»Lieber Freund,

nach allem, was Sie für mich getan haben, darf ich Sie doch wohl so nennen. Ich kenne keinen Menschen, der mir so selbstlos wie Sie sein Mädchen überlassen hätte. Und was für ein Mädchen!!!

Sie müssen sie sehr vermißt haben in all den Nächten, in denen sie bei mir lag. Ich habe mich immer wieder gefragt, was Sie zu dieser großherzigen Geste veranlaßt haben mag. Hatten Sie etwa geglaubt, das kleine liebeshungrige Luder könnte mir meine Ruhe rauben? Wollten Sie mich schwächen? Seien Sie versichert: Ich habe mich nie so potent gefühlt wie im Augenblick. In Dankbarkeit, Ihr Tschaljapin.«

Darunter stand auf englisch: »I fucked your girl, and I will fuck your game.«

Der Brief war eine Unverschämtheit, ein dreister Angriff auf meine Selbstsicherheit.

»Laß dich nicht provozieren«, sagte ich mir. Ich verlor das nächste Spiel. Für den Bruchteil einer Sekunde hatte ich nicht aufgepaßt. Das kostete mich die Dame und den Sieg.

»Die Dame«, sagte Tschaljapin, »Sie haben Ihre

Dame verloren.« Er sagte es so, daß ich ihn hätte erwürgen können. Während der Mittagspause schrieb ich auf die Rückseite der Speisekarte:

»Vielen Dank für Ihren Brief, der mir viel bedeutet. Ist er doch das schriftliche Eingeständnis, daß Sie es mit Kindern treiben. Ich sehe bereits die Schlagzeilen: ›Tschaljapin verführt Minderjährige.‹

Geben Sie auf, oder Sie werden aus dem Verkehr gezogen.«

Am Nachmittag wirkte er ernst und nachdenklich. Er vermied es, mich anzusehen, spielte übervorsichtig, zog erst nach langem Zaudern. Obwohl auch ich schlecht spielte, verlor er. Endlich hatte ich ihn dort, wo er hingehörte.

Das zweite Spiel des Nachmittags, das sich über vier Stunden hinzog, endete mit einem Remis. Tschaljapin war nur um Haaresbreite einer Niederlage entgangen. Er wirkte wie ein Stier nach dem Lanzenstich des Picadors. Die ungebrochene Kampfkraft war ihm abhanden gekommen. Ich werde ihm den Gnadenstoß versetzen, nahm ich mir vor.

In der Hotelhalle wartete Katja auf mich. Sie flog mir entgegen. »Mein Gott, wie habe ich dich vermißt! Du mußt jetzt aber schlafen.« Und dann küßte sie mich so, daß aus dem Schlaf nichts wurde.

Natürlich war ich am anderen Morgen so müde,

daß ich erst unter der kalten Dusche richtig wach wurde. Dennoch fühlte ich mich so gut wie seit langem nicht mehr.

»Ich werde das alte Krokodil erlegen«, versprach ich beim Frühstück. »Das bin ich dir schuldig, damit dein Opfer nicht umsonst war.«

Tschaljapin saß schon vor dem Schachbrett, so als könnte er es nicht abwarten, sich mit mir zu messen. Vor ihm auf dem Tisch stand wie bei allen seinen Kämpfen eine Flasche mit Mineralwasser. Daneben aber – ich traute meinen Augen nicht – stand in einem silbernen Rahmen ihr Foto. Er hatte es so aufgestellt, daß es uns beide anlächelte.

»Was soll dieser Unsinn?« fuhr ich ihn an. »Nehmen Sie das Bild vom Tisch!« Er starrte aufs Brett und tat so, als hörte er mich nicht.

»Er soll das Bild vom Tisch nehmen. Sofort!« verlangte ich von dem Schiedsrichter.

»Was ist das für ein Bild?«

»Meine Tochter«, sagte Tschaljapin.

»Es steht Herrn Tschaljapin frei, Fotos von Familienangehörigen mit sich zu führen. Was stört Sie an seiner Tochter?«

»Sie ist nicht seine Tochter. Sie ist seine Geliebte.«

»Und was stört Sie an seiner … äh, Geliebten?«

Was sollte ich antworten? Mir verschlug es die

Sprache vor so viel Frechheit. Tschaljapin eröffnete das Spiel. Ich vermochte mich nicht zu konzentrieren. Meine Finger zitterten vor Zorn. Natürlich verlor ich, zwei Spiele hintereinander.

Als ich mich nach der Mittagspause etwas gefangen hatte, zog Tschaljapin sein Taschentuch hervor, faltete es umständlich auseinander. Eine Duftwolke entströmte ihm. Es war Katjas Parfum. Ich hatte es ihr gekauft. Erregt sprang ich auf, stieß dabei die Steine vom Brett, wurde verwarnt. Die Partie ging kampflos an Tschaljapin.

Welch ein verhängnisvoller Tag!

Der Abend war endlos. Wo war Katja? Ich sehnte mich nach einem Menschen. Das Telefon schellte. Es war Katja.

»Wo bist du?«

»In der Hotelbar. Ich muß dich sprechen.«

»Aber ...«

Sie hatte bereits aufgelegt.

Die wenigen Tische waren alle besetzt. Sie saß auf einem Hocker an der Theke, blaß, aber noch schöner als sonst. Ich sagte es ihr. Sie versuchte zu lächeln. Ich bestellte uns zwei Gin-Fizz: »Warum treffen wir uns hier und nicht bei mir?«

»Friedensverhandlungen werden immer an neutralen Orten geführt.«

»Wieso Friedensverhandlungen?«

Sie überhörte meinen Einwand und fragte: »Wie ist es heute gelaufen?«

Ich schilderte ihr den Hergang, die Provokation mit ihrem Foto, meinem Parfum. »Er schreckt vor keiner Verleumdung zurück. Du seine Tochter ...«

»Ich bin seine Tochter.«

»Du bist was?«

»Ich bin seine Tochter.«

»Aber ...«

»Laß es dir erklären. So wie du die Idee hattest, mich auf ihn anzusetzen, so hatte er die Idee, mich auf dich anzusetzen. Er kam dir nur zuvor. Er hatte in Erfahrung gebracht, wann du einen Termin in der amerikanischen Botschaft hattest. Den Rest kennst du.«

»O mein Gott, dann habt ihr mir das alles nur vorgespielt? Eure Liebesschwüre, all die Zärtlichkeiten ...«

»Wir lieben uns. Schließlich sind wir Vater und Tochter.«

»Wie konntet ihr mir das antun.«

»Überleg mal, was du mit ihm vorhattest. Ich habe das alles nicht erfunden. Ich fand es abscheulich. Als ich dich bat: Laß uns das grausame Spiel beenden, meinte ich es ernst. Du hast mich überredet weiterzumachen.«

»Und deine Gefühle für mich? War das alles nur Berechnung?«

»Du hast gesagt, ich zitiere dich wörtlich: ›Der Zweck heiligt die Mittel – auch im Bett. Daran ist nichts verwerflich. Die meisten Frauen, selbst die verheirateten, tun es vor allem materieller Vorteile wegen. Wenn es dann auch noch Spaß macht, um so besser.‹«

»Schach ist ein Scheißspiel.«

»Du sagst es.«

Sie küßte mich auf die Wange und ging, ohne sich noch einmal umzudrehen.

Ich verlor das Turnier.

Die Maharani

Dreißig Jahre meines Lebens habe ich damit verbracht, ein Vermögen anzuhäufen«, so sprach er eines Tages zu sich selbst. »Ich habe alle meine Konkurrenten überlebt, bis auf einen: die Zeit. Was gäbe ich dafür, wenn ich auch sie ausschalten könnte. Sie läuft mir davon, so wie ich allen anderen davongelaufen bin. Die Zeit in meinem Terminkalender ist keine unendliche Gerade, sondern eine Strecke, befristet und verdammt kurz. Da gibt es irgendwo eine Wand.«

Die Ursache dieser beunruhigenden Erkenntnis lag in einer eigentlich belanglosen Begebenheit. Man hatte ihm eine äußerst günstige Beteiligung angeboten, langfristig und zukunftsträchtig. »In acht bis zehn Jahren verfügen wir hier über eine Goldgrube allerersten Ranges«, sagten seine Finanzberater. Und mit einemmal wurde ihm bewußt, daß er in zehn Jahren weit über siebzig sein würde, falls er überhaupt so alt werden sollte. Erst letzten Monat hatten sie seinen Assistenten zu Grabe getragen. Von den alten Mitarbeitern der ersten Stunde lebte längst keiner mehr.

Die Einsicht, daß auf seine stets weitreichende Planung kein Verlaß mehr war, stürzte ihn in tiefe Depressionen. Nicht der Tod schreckte ihn, sondern die Ungewißheit, ob zu einem bestimmten Termin noch mit ihm zu rechnen sei. Zuverlässigkeit war der Leitstern seines Lebens. Nie hatte er etwas dem Zufall überlassen.

Harry Hammerschmied wäre nicht der erfolgreiche Macher gewesen, wenn er diesen chaotischen Zustand hingenommen hätte wie ein Schaf seine Schlachtung. Wir sind Sterbliche, sagte er sich. Daran läßt sich nichts ändern. Aber muß ich mir deshalb das Gesetz des Handelns aus der Hand nehmen lassen? Setz dir selber einen Termin und steige aus! Was aber, wenn meine Lebensuhr vorher abläuft?

Noch am gleichen Tag ließ er sich in einer Schweizer Klinik für Frischzellentherapie anmelden. Dort lernte die Gräfin Guerneri kennen, eine überzeugte Anthroposophin.

»Sehen Sie«, sagte sie, »Albert Einstein hat es sogar mathematisch bewiesen, daß Materie und Kraft, Leib und Geist, nur zwei Zustandsformen ein und derselben Sache sind. Materie läßt sich in Kraft umwandeln, und Kraft in Materie. Wenn das eine zerfällt, wird das andere frei. Nichts geht verloren. Mit unseren Leibern ist es nicht anders. Wir sterben, um neu geboren zu werden. Haben Sie schon einmal beobachtet, wie eine Raupe zum Schmetterling wird?«

»Nein«, sagte Harry Hammerschmied, dessen kostbare Zeit nie für Raupen gereicht hatte.

»Es ist nicht etwa so, daß der verpuppten Raupe Flügel wachsen. Sie löst sich in ihrem Kokon völlig auf. Wenn man ihn gewaltsam öffnet, enthält er nichts weiter als eine klebrige Flüssigkeit. Aus ihr formt sich völlig neu der Falter. Auch wir müssen verwesen, um neu zu erstehen.«

»Daran glauben Sie wirklich?« fragte Harry Hammerschmied,

»Das hat nichts mit Glauben zu tun«, sagte die Gräfin. »Das ist eine wissenschaftlich fundierte Erkenntnis.«

Von da an war sein Interesse an Reinkarnation und wiederholte Erdenleben geweckt. Er befaßte sich mit buddhistischen Gebetsbüchern, mit der tibetanischen Seelenwanderung und altägyptischen Wiedererwekkungskulten.

Da begegnete ihm auf einem Kongreß David Golding, ein jüdischer Bankier. Belustigt stellten sie fest, daß sie, wenn auch nicht gleichzeitig, mit derselben Frau verheiratet gewesen waren. Da dergleichen natürlich verbindet, entwickelte sich ihr anfangs eher flüchtiges Gespräch zu einem mehrstündigen Gedankenaustausch. Am Ende kam der alte Golding wie alle Enkel Abrahams auf die elementaren Dinge zu sprechen, auf Gott, Geld und Vergänglichkeit. Er sagte: »Alter, Krankheit und Tod sind belanglose Randerscheinungen, so wie schlechtes Wetter während einer Wanderung. Wenn man weiß, daß man unsterblich ist, gibt es kein Ende, das man fürchten müßte.«

»Und woher nehmen Sie dieses Wissen?«

»Aus einer Begegnung.«

»Aus einer Begegnung?«

»Ja, so ist es. Ich war genauso skeptisch wie Sie, bis ich *ihr* begegnet bin.«

»Wem?«

»Der Maharani.«

»Wer ist das?«

»Radjah Madurima. Eine Brahmanin. Sie lebt in London. Sie hat mein Leben verändert. Sie müssen sie kennenlernen. Durch sie weiß ich, wer ich bin, wer ich in meinem nächsten Leben sein werde.«

»Sind Sie sich da wirklich ganz sicher?«

»Ganz und gar. Wissen Sie, ich bin mir da so sicher, daß ich mich selbst zu meinem Erben eingesetzt habe.«

»Das müssen Sie mir erklären.«

»Es ist doch ganz einfach. Da ich weiß, wie ich in meiner nächsten irdischen Existenz heißen werde, habe ich mir unter diesem Namen ein Konto auf einer Schweizer Bank eingerichtet.«

»Und wenn sich Ihre Seherin geirrt hat?«

»Ich bin alt und ohne Erben. Hat die Maharani recht, bekomme ich meine Millionen. Hat sie sich geirrt, dann bleiben sie bei der Schweizer Volksbank. Wissen Sie, daß auf Schweizer Konten Milliardenbeträge liegen, die keinem mehr gehören? Ihre Besitzer sind verstorben, ohne daß ihre Erben Kenntnis von dem Geld haben. Die Zinsen werden für soziale Belange verwandt und erfüllen somit über Jahrhunderte einen guten Zweck. Die Chancen stehen fifty zu fifty, und glauben Sie mir, ich bin lieber zu fünfzig Prozent an einer lukrativen Anlage beteiligt als zu hundert Prozent an einer miesen, und das hieße in meinem Fall: alles für die Erben.«

»Aber«, sagte Hammerschmied, »so wie Sie sich an Ihr voriges Leben nicht mehr zu erinnern vermögen, so werden Sie auch im kommenden nichts mehr von dem jetzigen ahnen. Sie werden gar nicht wissen, daß sie ein Bankkonto haben.«

»Auch dafür ist gesorgt. Da ich in etwa weiß, wo und wann ich geboren werde, habe ich ein alteingesessenes Anwaltsbüro damit beauftragt, mich suchen zu lassen, um mir mein Erbe auszuhändigen. Vermutlich werde ich mich dann für meinen eigenen Erbonkel halten.«

Er lachte, daß ihm die Tränen in die faltigen Augen traten. »Aber Spaß beiseite«, lachte er. »Sie müssen sie kennenlernen.« Hammerschmied notierte sich die Adresse.

»Noch eine Frau, die wir gemeinsam haben«, sagte er.

Sie erschien ihm wie ein Wesen aus einer anderen Welt. Eine Aura von Würde umgab sie. Sie übersah seine Hand, die er ihr zum Gruß entgegenstreckte, legte statt dessen ihre schmalen langen Handflächen wie zum Gebet aneinander und neigte lächelnd ihren schönen Kopf zum Willkommen. Goldene Armringe und Kettchen klingelten wie Kinderglöckchen. Über ihrem hochgesteckten Haar lag leicht wie der Morgennebel ein hauchzarter Schal. Das weiße Gewand fiel ihr bis auf die Füße, die in perlenbestickten Pantöffelchen steckten. Eine Ahnung von orientalischen Düften umgab sie. Das auffallendste an ihr waren die Augen: schwarz und tief wie Brunnen in der Wüste. Auf der Stirn trug sie den roten Fleck der Brahmanen.

Ihr Appartement war dezent modern möbliert. Nichts erinnerte an geheimnisvolle indische Rituale. Sie ließ sich auf einem niedrigen Diwan nieder und forderte ihn auf, ihr gegenüber Platz zu nehmen.

Harry Hammerschmied begann, so wie es sich gehört, ein Höflichkeitsgespräch. Er lobte das Wetter in London, die schöne Aussicht aus ihrem Fenster auf St. Pauls Cathedral.

»Bitte reden Sie jetzt nicht«, unterbrach sie ihn. »Machen Sie es sich bequem. Ich möchte mit Ihnen schweigen, um Sie kennenzulernen. Nichts ist so beredt wie die Stille.« Er hielt den Mund. Es fiel ihm schwer. Er fühlte sich unbehaglich. Aber da waren ihre Augen. Sie betrachtete ihn, wie eine Mutter ihr Kind betrachtet, ohne falsche Höflichkeit und Verstellung. Er fühlte sich geborgen, entspannt. Jungen Vögeln im Nest muß so zumute sein.

Als er zwei Stunden später ihr Appartement verließ, hatte er das Gefühl, sich noch nie zuvor mit einem Menschen so intensiv und aufrichtig unterhalten zu haben.

»Bitte, besuchen Sie mich morgen um die gleiche Zeit«, hatte sie an der Tür zu ihm gesagt. »Manchmal geht es nicht beim ersten Mal.«

»Was bin ich Ihnen schuldig?« hatte er gefragt, und sie hatte geantwortet: »Buddha hat gelehrt: Hast du die Gabe des Heilens, so heile! Hast du die Gabe des Sehens, nutze sie! Wenn ich mir meine Gabe bezahlen ließe, so würde ich sie verlieren.«

Als sie ihn am folgenden Tag zur verabredeten Zeit

empfing, gab es bereits so etwas wie geschwisterliche Vertrautheit zwischen ihnen. Sie goß dampfenden Tee in eierschalendünne Tassen. Sie tranken schweigend miteinander. Die ganze Zeit über lagen ihre Blicke auf ihm. Schließlich sagte sie: »Es fällt mir nicht leicht, Ihr Vorleben zu analysieren. Da sind viele dunkle verwinkelte Wege, ein gorgonenhaftes Karma. Ohne Einblicke in Ihre Vergangenheit aber bleibt mir das Kommende verschlossen. Ich muß Sie tiefer ausloten, in Schichten eindringen, die sich nur somnambul erschließen lassen. Wollen Sie das? Sind Sie bereit, mir zu folgen?«

»Ja, das bin ich«, sagte Harry Hammerschmied.

»Dann ziehen Sie sich bitte aus!«

Als er mit freiem Oberkörper zögernd innehielt, sagte sie: »Alles!«

Sie entzündete eine Kerze, ging zum Fenster und zog die Vorhänge zu. Als er alles abgelegt hatte, ließ sie ihn sich auf dem Diwan niederlegen.

»Schauen Sie mir in die Augen!«

Sie setzte sich zu ihm, legte ihre Fingerspitzen an seine Schläfen, leicht nur, wie flügelwippende Schmetterlinge. »Entspannen Sie sich. Warum wollen Sie etwas darstellen? Sei du selbst! Ja, so ist es gut …«

Die Augen fielen ihm zu. Wohlige Wärme durchströmte ihn. Da waren nur ihre Finger und ihre Stimme. »Wie leicht, wie unendlich leicht ist dein Leib. Schwebe, schwimme, treibe im Strom der Zeit, Atem der Ewigkeit, Nirwana, Attawa.«

Ihre Fingerspitzen waren den Hals hinuntergeglitten. Nun verharrten sie seitlich der Brust, dicht bei den Achselhöhlen, regungslos und doch erregend lebendig. Eine Flut von Vibrationen durchfloß ihn.

Sie flüsterte Worte, die er nicht verstand, geheimnisvolle Laute, feierlich und doch unendlich zärtlich. Als ihre Finger den Bauch erreichten, spürte er, wie das Blut in sein Glied strömte. Ruckartig im Rhythmus des schlagenden Herzens richtete es sich auf. Bevor er den Schoß mit den Händen bedecken konnte, erriet sie seine Gedanken: »Nicht bewegen! Ganz ruhig liegen bleiben.« Dann wurde der Haarschleier über ihn gelegt. Ihr Duft umfloß ihn. Das hauchdünne Gewebe elektrisierte die Nerven seiner übererregten Haut. Der Schleier lag über seinem Gesicht, bedeckte den Bauch und endete eine Handbreit oberhalb seines Geschlechts. Als ihre Finger tiefer tasteten, hielt er den Atem an.

»Einatmen, tief einatmen! Fließe, fliege, schwebe, schwimme, schreie!«

Er konnte sich später nicht mehr erinnern, ob er wirklich geschrien hatte. Sein ganzer Leib war ein einziger Schrei. Er erlebte alle Wonnen des Fleisches, alle

Ekstasen der Empfindung. Der Himmel öffnete sich. Die Sterne aller Milchstraßen stürzten auf ihn herab.

Als er wieder klar zu denken vermochte, lag er angekleidet auf dem Diwan. Die Sonne schien ins Zimmer. Heißer Tee floß belebend über seine Lippen.

»Wie fühlen Sie sich?«

»Ich habe mich nie besser gefühlt.«

»Ich glaube, ich bin Ihnen eine Erklärung schuldig«, sagte sie. »Wir leben in einer Gesellschaft, die den wahren Wert der Sexualität nicht mehr zu würdigen weiß. Für die einen ist es eine Art alltägliches Spielturnen, mehr Pflicht als Kür, für die anderen ein sündiges Ärgernis. Buddha hat gelehrt: Für den, der seine innere Mitte gefunden hat, ist Beischlaf und Gebet ein und dasselbe. Er meinte nicht das christliche Gutenachtgebet, sondern das Ganz-in-Gott-Aufgehen der alten Religionen. Dionysos war ein ekstatischer Gott. Ich mußte Sie dazu bringen, daß Sie außer sich waren. Nur so konnte ich Ihrem wahren Ich begegnen.«

»Und wer bin ich?« fragte er.

»Lassen wir Ihre Vergangenheit ruhen. Sie verhüllt sich zu Recht. Ein Karma voller Schuld und Finsternis. Ihr letztes Leben endete auf einer Galeere.«

»Und wie wird dieses enden?«

»Darüber darf ich nicht sprechen. Aber Sie werden

hochbetagt und unerwartet aus dem Leben scheiden. Leicht und licht zeichnet sich jedoch Ihre reinkarnative Zukunft ab. Sie werden noch in diesem Jahrhundert das Licht des kommenden Lebens in Kentucky erblicken, und zwar … ich hoffe, das erschreckt Sie nicht, als Tochter eines Bildhauers. Man wird Sie April taufen. April Attenborough. Ein guter Start. Es liegt dann im wesentlichen in Ihrer Hand, was Sie aus diesem Leben machen.«

Sie blickte in sein von Skepsis erfülltes Gesicht und fügte hinzu: »Neben dem Offensichtlichen gibt es in unserem Leben noch andere Ebenen der Wahrnehmung. Werden nicht unsere wichtigsten Entscheidungen mehr vom Gefühl diktiert als vom Verstand? Wer weiß schon, ob er den richtigen Partner heiratet oder den richtigen Beruf ergreift? So etwas weiß man nicht, das macht man intuitiv richtig.«

»Und Sie sind sich ganz sicher, mich richtig erkannt zu haben, in der kurzen Zeit?«

»Wenn es Sie beruhigt, wiederholen wir morgen die astralleibliche Examination.«

Noch dreimal legte Harry Hammerschmied alles ab, nicht nur die Kleidung, sondern auch alle Hemmungen und Zweifel. Am Ende war er ihr verfallen wie der Falter dem Licht.

Noch im gleichen Monat wurde bei der Schweizer Nationalbank in Zürich ein Konto auf den Namen April Attenborough eröffnet. Das Anwaltsbüro Bürli & Partner wurde mit der Erbschaftsangelegenheit in spe beauftragt.

Zur gleichen Zeit erfolgte in einem Genfer Anwaltsbüro die Testamentseröffnung eines italienischen Industriellen. Anwesend waren zwei Rechtsanwälte und die einzige Erbin, eine auffallend schöne Frau.

»Es war nicht leicht, Ihre Adresse ausfindig zu machen«, sagte der ältere der beiden Herren mit den grauen Schläfen. »Ich hoffe, Sie haben Ihren Ausweis dabei?«

Sie gab ihm ihren Paß. Er prüfte ihn sorgfältig.

»Ihre Geburtsurkunde? Darf ich mal sehen? Geboren in Kentucky als Tochter des Bildhauers Franklin Tom Attenborough. Sehr gut. Unterschreiben Sie bitte hier.«

»April Attenborough«, schrieb sie unter die Testamentsurkunde. Als sie die Kanzlei verließ, war sie um vierhundert Millionen Lire reicher. Zwei Erbschaften in einem Monat, beide völlig legal auf ihren Namen. Und falls es nicht ganz legal war, wen kümmerte das schon. Die Erblasser waren ausnahmslos tot oder fast tot. »Schließlich habe ich ihnen ihre Unsterblichkeit verkauft, und die hatte schon immer ihren Preis, wie jeder weiß, der die Kirchengeschichte kennt«, so sprach sie zu sich selbst und eilte ihrem nächsten Termin entgegen. Ja weiß Gott, glauben macht selig!

Selbstmord

Er saß in einem Zugabteil und betrachtete mit erstaunten Augen die vorüberfliegenden farbigen Impressionen der Landschaft. Mit seltsamer Inbrunst genoß er Farben und Formen, so als erlebte er die leuchtende Pracht der Erde zum erstenmal. Oder war es das letzte Mal?

Weinberge glitten vorüber, Wiesen, welche wie der Samt florentinischer Gewänder schimmerten, Maulbeerbäume und Korkeichen, blühender Oleander, Glyzinien und Azaleen. In weiter Ferne lagen Eichen- und Pappelwälder wie Wolkenschatten auf dem Land. Bisweilen leuchtete ein Gewässer auf. Zypressen eilten die Straßen entlang, verfolgten den Zug wie Stafettenläufer. Vor altem Gemäuer schimmerten Kaktusfeigen, Aloen und Lorbeerbäume. Da und dort sah man Landleute bei der Feldarbeit. Ein Paar müde Ochsen zogen einen schwer beladenen Erntekarren. Der Kutscher winkte lachend mit der Peitsche. Der Mann im Zug wollte zurückwinken, aber da war das Bild schon fortgewischt. Wie er da saß am Fenster und hinausstarrte, erinnerte er an die Zeilen eines deutschen Gedichtes: »Trinkt, o Augen, was die Wimper hält, von dem goldnen Überfluß der Welt!«

Der junge Priester, der ihm gegenübersaß, las in einem Buch. Wie kann man durch diese leuchtende Wunderwelt fahren und sich in einem Buch vergraben, dachte der Mann. Er hatte die Vierzig überschritten, war hager und auffallend blaß, wie jemand, der lange krank gewesen war. Sein dunkles Haar war an den Schläfen ergraut. Das auffallendste aber waren seine Augen. Sie schienen nicht mitgealtert zu sein. Die Zeit war an ihnen vorübergegangen. Sie gehörten immer noch dem Vierzehnjährigen, der nach einem Sturz sein Augenlicht verloren hatte.

Den größeren Teil seines Lebens hatte er im Dunklen verbracht, eingekerkert in einem Käfig, durch dessen Gitterstäbe niemals ein Lichtstrahl fiel. Nur mit Grauen dachte er an die Nacht ohne Ende. Wäre ihm nicht die Hoffnung geblieben, er hätte sich das Leben genommen. »Es ist kein organisch bedingtes Leiden«, sagten die Ärzte, die ihn untersuchten. »Es besteht berechtigte Hoffnung, daß Sie eines Tages wieder sehen werden.«

Er hatte viele Ärzte konsultiert. Als sie ihn nach Rom brachten, in die Privatklinik des Dottore Saltarello, da glaubte eigentlich keiner, daß diesem Saltarello gelingen würde, was so viele andere vor ihm vergeblich versucht hatten. Das Wunder hatte sich erst vor wenigen Tagen ereignet, und dennoch lag es eine Ewigkeit zurück. Die Zeit im Licht zählte doppelt, dreifach, hundertfach. Wie lang und erfüllt war ein Augenblick! In den letzten Tagen hatte er mehr gesehen als in seinem ganzen bisherigen Leben.

Rom! Jeder Wimpernschlag war ein Erlebnis. Völlig erschöpft fiel er gegen Morgen in sein Bett, zu erregt, um Schlaf zu finden. Es gab so unendlich vieles zu entdecken.

»Übertreiben Sie es nicht«, sagte Saltarello. »Auch die Augenmuskeln wollen trainiert werden.«

Die selbstverständlichsten Dinge nahmen ihn gefangen. Sogar die zerbrochenen Steine der Ruinen erregten sein Entzücken. Welch unvergeßlicher Zauber ging von dem Travertin aus, wenn er in der Abendsonne zu glühen begann. In den warmen Nächten erlag er dem Zauber der römischen Brunnen, in deren klarem Wasser sich der Sternenhimmel spiegelte.

»Rom! In meinen Erinnerungen werden einmal nur seine Wasser sein, diese klaren, köstlichen, bewegten Wasser, die auf seinen Plätzen leben; seine Treppen nach dem Vorbild fallender Wasser erbaut; seiner Gärten Festlichkeit und die Pracht großer Terrassen; seine Nächte, die so lange dauern, still und mit großen

Sternbildern erfüllt.« Erst jetzt verstand er die Worte Rilkes, die er als blinder Schüler auswendig gelernt hatte.

Das Pfeifen der Lokomotive unterbrach seine Bilderbuchträume. Schwerfällig hielt der Zug in einer einsamen Bahnstation. »Arrivederci«, sagte der junge Priester. Jetzt hatte er das Abteil ganz für sich. Er genoß es. Als Blinder ist man nur selten allein. Wie ein Kind wird man auf Schritt und Tritt begleitet. Er hatte nicht nur seine Sehkraft wiedergewonnen, sondern auch seine Selbständigkeit und Freiheit. Ob die Sehenden wissen, wie reich sie sind?

Die Fahrt ging jetzt durch gebirgiges Land. Wie Schwalbennester klebten Bergdörfer und Burgen an felsigen Händen. Pinienschirme spendeten violetten Schatten. Ein brüchiger Campanile überragte den Fleckenteppich der Dächer.

Er erwachte. Dunkelheit umgab ihn. Entsetzt fuhr er sich über die Augen. Die nachtschwarze, bodenlose Leere blieb. »Nein«, schrie er. »Nein!« Er tastete nach seiner Blindenuhr und befühlte den Zeigerstand. Er hatte nur wenige Minuten geschlafen. Was war geschehen? Hatte er die Romreise, die Operation, die farbigen Feuerwerke, die Bilder und Formen nur geträumt? Träumte er jetzt? Er zwickte sich in den Arm.

Die Dunkelheit blieb. Der Sturz in die eben erst überwundene höllische Finsternis war fürchterlich. Er schluchzte vor Schmerz. Aus seinen toten Augen flossen heiße Tränen. »Ich will nicht mehr«, flüsterte er. »Ich ertrag es nicht. Lieber tot als ohne Licht.«

»Selbstmord«, sagte Inspektor Tossini von der italienischen Kriminalpolizei. »Ein typischer Fall von Selbstmord. Er ist auf die Sitzbank gestiegen. Hier, sehen Sie selbst, die Abdrücke seiner staubigen Schuhsohlen auf dem Polsterstoff. Und dann hat er sich aus dem Fenster gestürzt.«

»Vielleicht hat er sich zu weit hinausgelehnt«, sagte der Bahnpolizist.

»Man lehnt sich aus dem Fenster, wenn man etwas sehen will«, sagte Tossini. »Warum sollte sich jemand in einem stockdunklen Tunnel hinauslehnen?«